好望角寻访之旅系列

一路向北

In China's
Northernmost Part

刘文军 / 著

人民交通出版社股份有限公司
China Communications Press Co.,Ltd.

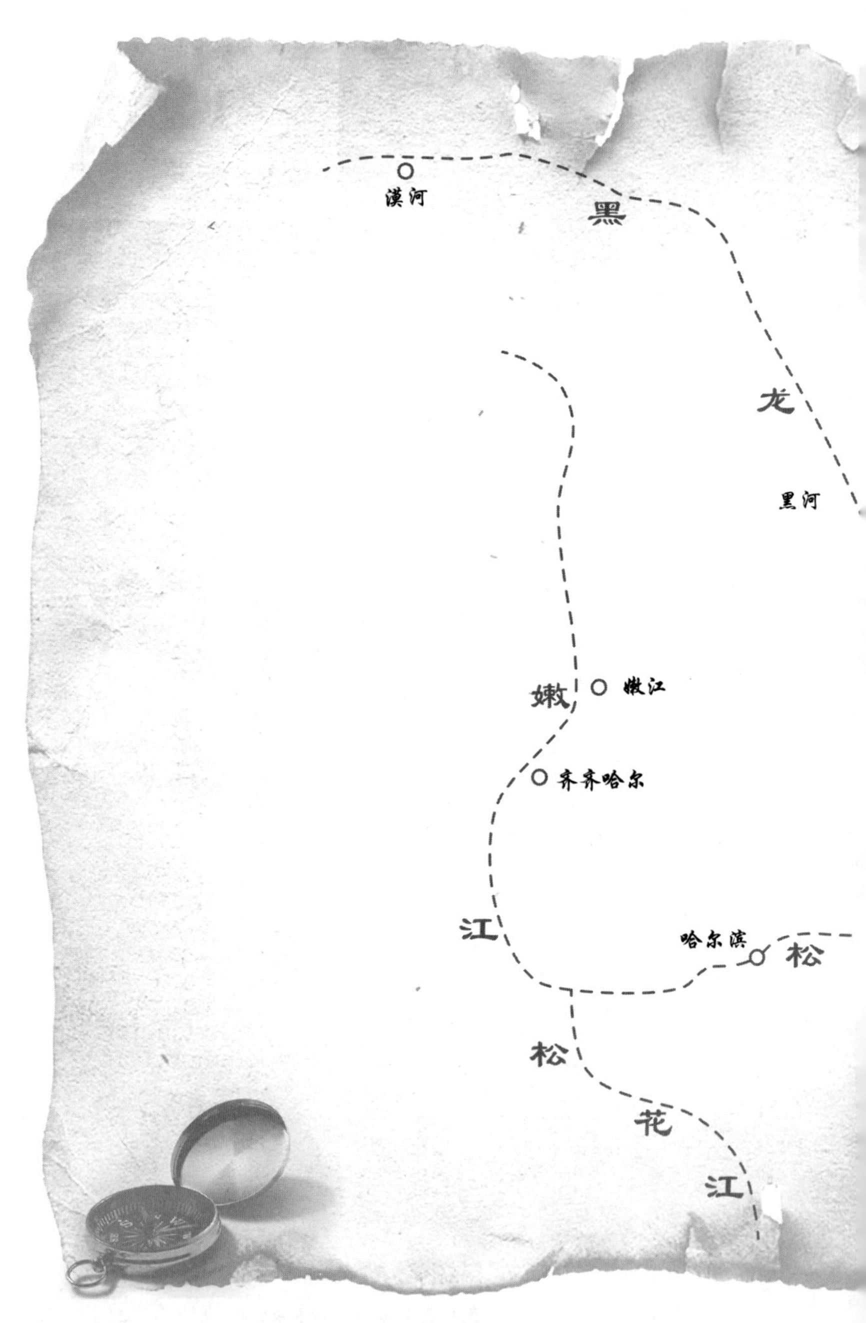

漠河
黑
龙
黑河
嫩江
嫩
齐齐哈尔
江
哈尔滨
松
松
花
江

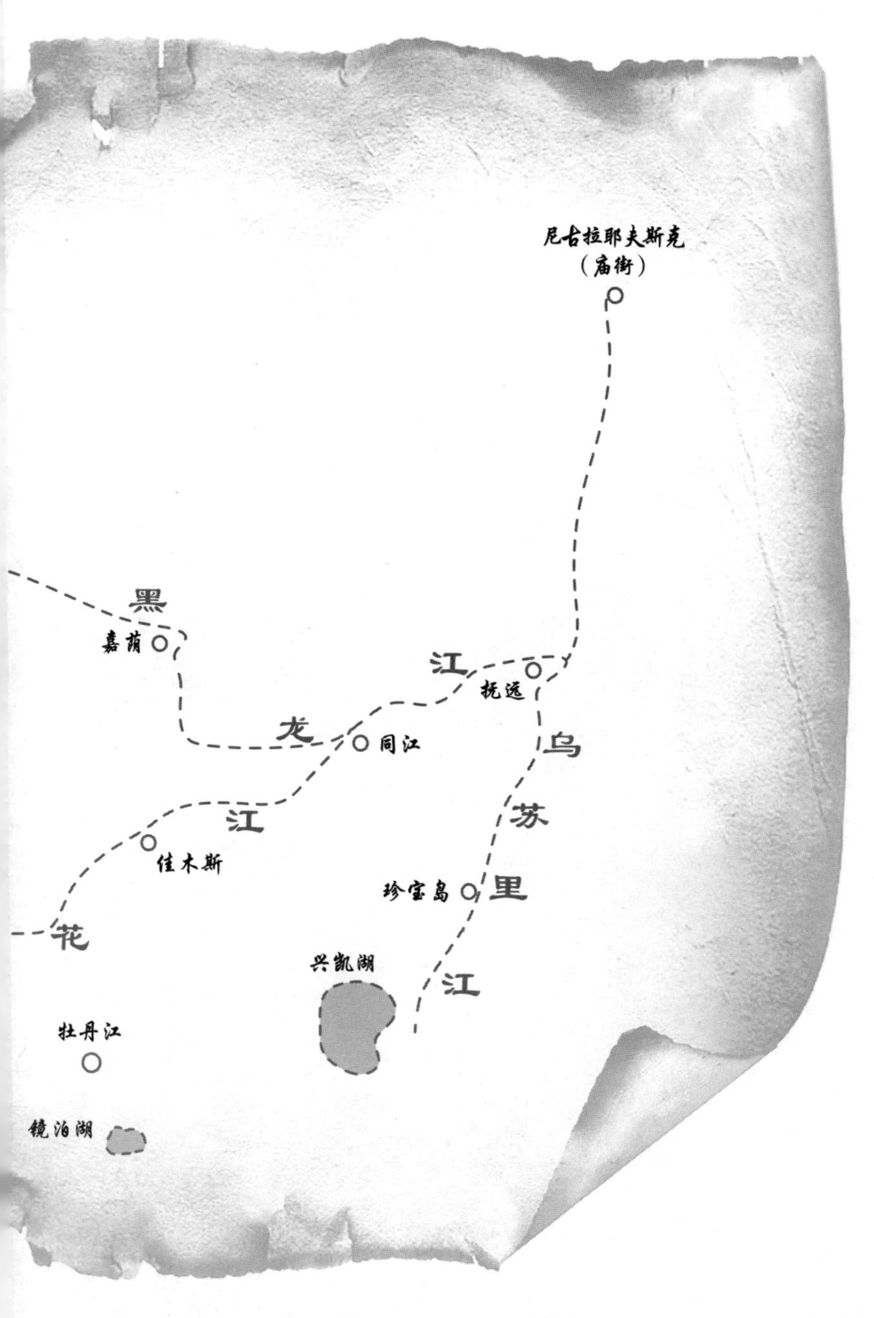

尼古拉耶夫斯克
（庙街）
黑
嘉荫
江
抚远
龙
同江
乌
江
苏
佳木斯
珍宝岛
里
花
兴凯湖
江
牡丹江
镜泊湖

1

目录

Contents

序言

Preface

一路向北，旅途处处是惊喜

大话哈尔滨网站站长　孙勇（长河）博士

作为一个自认为热爱旅行，尤其热爱人文地理知识的我，家里自然少不了关于旅行的书籍。而在我看来，这类书籍总体上可以分为两种：一种是关于目的地的游玩攻略，属于那种“用完即走”的工具书一类。这类书籍的收藏价值更体现在若干年以后，在身处“中国式高速发展”的大环境之下，书中记载的某一特定时间段内一个地区的大量客观数据，甚至可以当作史料使用。

另一种则是关于目的地的所想、所感、所悟，通常带有强烈的作者个人主观感受。以某一地的见闻为出发点，既可在全国乃至全球的同类型著作中做文化层面的横向比较，又可在当地历史的纵向坐标上有所联系。这类书籍是可以当作文学作品收藏的，对作者的要求极高。

这两种书籍，前者是先确定了目的地再去找工具书，所谓“以景带书”；而后者通常在读书之后才对其中描写的目的地产生浓厚的兴趣，以至于真的安排一次旅行，所谓“以书带景”。而此时我手中的《一路向北》显然属于后者。

初识刘文军大哥靠的完全是缘分。大话哈尔滨（imharbin.com）是我与 Lorna 在 2009 年初一同创办的城市文化主题互联网社区网站，聚集了一大批对人文地理相关领域话题感兴趣的黑龙江人。两年前，刘兄给大话哈尔滨发来一篇关于中东铁路的稿件《百年横道河子》，在网站与微信公众号同时编发。其后不久，刘兄反馈说有一位电视台的编导根据文章开头留下的邮箱联系到他，并给他邮寄了一套《中东铁路》光盘。听到这个消息我非常高兴，与同路者之间的精神交流应当可以算是幸福感的来源之一吧！

通过一篇文章，可以让作者与读者即诸多不曾相识的人感受到相同的快乐。在字里行间，阅读者感受到了刘兄对家乡黑龙江的热爱，感受到了刘兄对这片土地的真诚，同时也感受到了刘兄丰富阅历与深刻思考所散发出来的独特人格魅力。承蒙刘兄的信任，《一路向北》中的部分稿件在大话哈尔滨网络平台已经刊出，通过对网络阅读的数据反馈，还可以在成稿前对文章进行修订，使出版后的书籍更具有收藏价值。

在旅游类书籍市场上，关于黑龙江省的并不多，《一路向北》堪称翘楚。个人以为，该书至少有两个看点：

首先，大美黑龙江，不只有冰雪。我邀请南方的朋友来黑龙江游玩，朋友们似乎约好了似的，全都会把日程安排到冬季。在外地人眼中，好像来到黑龙江，只要去过哈尔滨冰雪大世界、雪乡、雪谷、漠河等特色鲜明的景点体验“极寒之地”就可以打道回府了。即便是黑龙江人，往往也对自己身边的一些自然与人文之美“视而不见”。这本《一路向北》分明是提醒我们“细微之处见美好”的书。刘兄带领读者揭开中国最北方的神秘面纱，领略中国最东方的第一缕阳光，在瑷珲古城回望百年沧桑，重访徽钦二帝坐井观天之处，寻找女真人的海东青图腾，倾听中东铁路远去的汽笛声声……

大美黑龙江在此时不再是一句口号，已在书中活灵活现地展现出来，为读者的黑龙江之旅提供了太多的选择。

其次，信手读来，常读常新。当今世界，再也难见到有谁可以在旅途中有“发现新大陆”般的惊喜。刘兄在《一路向北》中介绍的各个目的地，也不是他首次发现。但人文地理就是有这样的魅力，使读者在不同时期阅读同一篇文章也会有不同的思考。若是打个比方，本书应该算是作者用自己的人生经历与眼前的龙江大地之景一同精雕细琢的思想艺术品。

《一路向北》的面世，是黑龙江人的福气，感谢刘兄做出的卓越工作！希望从这本书开始，有越来越多的黑龙江人更加热爱家乡，有越来越多的世界各地的朋友愿意在一年四季都来黑龙江游览，并且感慨不虚此行！

2016年12月12日于哈尔滨

1

漠河纪行

终于找到北啦

随着飞机马达轰鸣声音的减弱，空客 A320 在漠河机场徐徐降落。时针指向下午 3 点。

走出机舱，第一感觉是烈日炎炎。太阳像个火球，高悬头顶，无遮无拦，照得你恨不得立刻找个地缝钻进去。好在与南方的“蒸笼”相比，这里空气干爽，没有闷热感。要是能够找到一处树荫，立觉凉快许多。

一路向北，山林密布，满眼是青翠的落叶松和樟子松。“这些都是人工林，五·六火灾之后栽种的。”司机小吴说。小吴的话将我的记忆拉回到 1987 年。北国惊现一把冲天大火，熊熊火光照亮了我，也照亮了全国。有人把火灾的起因归罪于那位港台明星，有人把灭火的功绩归功于一位气功大师。一时间，人心惶惶。大火灾过后，一座“大兴安岭五·六火灾纪念馆”矗立在漠河县城街头，时时提醒人们不要忘记那场人为灾难。

夏至刚过，正是漠河一年中白天最长、夜晚最短的季节。有人将这种现象称为“极昼”，也有人称为“白夜”。晚上住进北极村的一户农家院，已近 9 点，天还亮着，让人怀疑这太阳是不是失去了重量，就永远挂在那儿了。

北极村有北极光，但能否看到要凭运气。在小吴的记忆里，上次出现的时间是 4 年前。在江边，与一个渔民闲聊，他说在北极村住了 43 年，从未遇上过。话虽如此，老天爷也怕有心人，有位哈尔滨老兄，为拍到极光，连续 5 年夏至前到北极村守候，终于在一个早上遇到了这望眼欲穿的祥瑞霞光，一时激动得涕泪横流。

走进北极村，满眼都是北：最北人家、最北邮局、最北小学、最北哨所……甚至还有最北方便处——厕所。晚饭后到街上散步，看见一个经营农副产品的供销社，有点久违了的感觉。走进宽敞的木刻楞房子，映入眼帘的是长长的绿色柜台、木质的货架，墙上挂着一条标语：“必须把布匹抓紧，必须把棉花抓紧”。昏暗的灯光下，一个戴着白套袖、年过半百的老售货员在不紧不慢地过秤，让人想起逝去的光阴。不消说，这又是一最——最北供销社。

第二天一早，来到江边。走过一条长长的木栈道，一个极具艺术性的标志出现在眼前。这个标志从三面看都是“北”字，碑体中间的一个圆球上标明：中国北极点，北纬 53°29′52.58″。一根高大的圆木桩上钉满三角形木牌，上面标着由此地到世界各主要地点的公里数，与南非好望角山顶上的那个地理标志几乎一模一样。村里有个旅舍，名字就取自北极村的纬度：五十三度半，既形象又好记。

不过，从地理位置看，中国版图的最北点并不在北极村。我从 2008 年 10 月的《中国国家地理》东北专辑中得知，中国版图的最北点是在一个叫北红村的地方。旅游部门一般不大愿意宣传这个地方，因为他们把资源主要投在了北极村。但对那些真正想找到北的人来说，北红村则是必去之地。

从北极村出发，沿 S209 省道迤逦东行 120 公里，就是中国最北的行政村落——北红村。道路沿江而行，平坦通畅。一路车辆稀少，四周俱静，静得能听得到车轮摩擦路面的沙沙声。沿途是漫无边际的樟子松和落叶松。小吴说，那年的大火没烧到这儿，这些是原始林和次生林。难怪这些树长得这么高大，这么粗壮。

在地图上，北红村又标为大草甸子。几十户人家，百多号人，村民吃井水，睡火炕，几年前才和外边通上电。省道穿村而过，村里见不到几个人，就连村头的那个小小哨所也不见一个士兵的身影。有村民在自家宅院里盖起了简易客栈，打出“找北”的招牌。一个骑山地车的男孩说，他家也建了一个客栈，欢迎我们去做客。也许明年再来，北红村就已经寂寞不再。

虽为芝麻大的地方，但北红村却有两个之最：一个是中国最北地理标志——乌苏里浅滩，一个是黑龙江上的最美景观——黑龙江第一湾。

乌苏里浅滩空旷寂然，江岸宽阔平展，绵延数里。一块石碑上写着“恭喜您，找到北啦！”旁边一根木桩上标明：北纬53°33′43″。显然，这个纬度比北极村的那个中国北极点标志更靠北一些。

有争强好胜者对这个地理标志仍不满意，为了把“找北”这件事情做到极致，在一个冬季带着GPS，踏着冰雪，一路定位，在黑龙江主航道的冰面上测到了中国地图上的最北端点，北纬53°33′47″。激动之下，他们在此竖下一根木桩，告诉人们这里才是真正的北。

站在江岸，背南面北，对面是俄罗斯，1858年《瑷珲条约》签订之前，那里是中国的领土。背北面南，就是中国，整个中国，因为这里是中国地理版图的“鸡冠处”，真正的北极点。想象中，如果有个巨人，站在江岸，伸出两臂，就可以将整个中国揽入怀抱。

一个卖烧烤的渔民说，别看现在萧条，100 年前这里比漠河县城还热闹。原来，1906 年，也就是清光绪三十二年，清政府在黑龙江沿岸设立卡伦（类似今天的边防哨所），江岸平坦的乌苏里浅滩成为最佳选择地之一。慢慢地，这里形成了一个人马喧闹的小镇，与俄国的边贸十分红火。民国十八年，沿江卡伦撤销，边民外迁，乌苏里小镇由此沉寂下来。

俯瞰黑龙江第一湾

紧邻乌苏里浅滩，有一个鲜为人知的去处，这就是“黑龙江第一湾”。沿盘旋曲折的木栈道登上江边的红旗岭，凭栏远望，一幅巨型山水画展现在眼前：长长的黑龙江像一条飘带，逶迤而来，绕着一个无名小岛回流急转，蜿蜒而去。江水、沙滩、绿树、蓝天、白云，依次相连，层层相叠。黑龙江在这里的一个猛然转身，带来了一个它自己都意想不到的绝妙景观。

北方有佳人，绝世而独立。我看过长江和黄河的第一湾，原以为这种壮阔的景观只为粗犷的西部所独享，没想到在中国地图的最北端，黑龙江的源头处，也有这样一道让人赏心悦目的弧线。其景观价值丝毫不逊色于长江第一湾和黄河第一湾，让人陶醉其中，不忍离去。

老金沟的传说

黑龙江，一条流金淌银的河。它所流经的漠河则是最大的黄金出产地。

1877 年，一个鄂伦春猎人在老金沟挖坑葬马。他顺手捞起一把河沙，手掌中黄灿灿的金末让他的眼睛为之一亮：“这就是传说中的金子吗？”他问自己。

消息传开，一个名叫谢列特金的俄国人带着寻矿师来到老金沟河谷。经鉴定，老金沟河沙中纯金含量 87.5%，纯银含量 7.9%。看着大片耀眼的沙金，谢列特金兴奋得几乎发狂，不容分说，立即招来大批劳工，安营扎寨，掘沙淘金。劳工有些来自俄国，更多的来自中国东北和华北，其中不乏冒险家、商人、军人、罪犯和无业游民。据说，在漠河从事采金行当的人数最多时达到五六万人。

随着黄金开采业的兴起，昔日荒无人烟的漠河小镇一时间热闹起来，面包坊、酒馆、商铺、旅店、赌场、教堂一家接一家开办起来。在沙俄的操控下，这里一度还成立了一个矿区自治政权，制定法律，征收捐税，史称“热尔图加共和国”。俄国人将那时的漠河称为“阿穆尔的加利福尼亚”。

看着黄灿灿的金子哗哗地流入外人手中，一些爱国的有识之士坐不住了。1887 年，新上任的黑龙江将军恭堂上奏清政府，提出收回矿权，自行开采，获得准许。在李鸿章的授意下，吉林候补知府李金镛带人赶赴漠河，创办金厂。

李金镛出生于江苏无锡长江岸边，早年随父经商，后入淮军，受到李鸿章赏识，赴吉林办理边疆

李金镛祠堂内悬的“兴利实边”匾额

事务。李金镛为人正直，清正廉洁，惜才爱士，勤勉务实。到漠河后，他积极募集资金，聘请矿师，购买机器，筹运粮食，招募矿工，全力举办金厂。在他的苦心经营下，金厂日渐红火。

1889 年，漠河金厂出产黄金 2 万两。1895 年出产黄金 5 万两，超过了有“黄金天府”之称的山东招远，居全国之首。吉林省社会科学院佟冬主编的《中国东北史》认为，甲午战争前，中国兴办的近代采矿业共有 33 家，其中卓有成效的仅有开平煤矿和漠河金矿。漠河金矿的开办，实现了清政府“实边”和“抗俄”的目的。

为保证矿区物资的供应和黄金的外运，李金镛在办矿的同时，重修墨尔根（嫩江）至雅克萨的古驿道，并将原来的二十五站向西延伸。使昔日的军事驿道摇身一变成为“黄金古道”，而那些 60 里一站的军事驿站也成了“黄金驿站”。

大兴安岭的冬季风雪弥漫，道路难行。李金镛每年都要在大雪封山前，通过黄金古道把一车车的金锭运往京城。有一种说法：慈禧太后看到一块块来自东北边陲的金锭，眉开眼笑。兴奋之余，她吩咐李莲英拿出一部分金锭，购置法国高档胭脂，供自己和后宫享用。老金沟由此有了一个怪怪的名字——“胭脂沟”。

漠河地处偏远，矿工们白天干活，晚上闲得五脊六兽，就用赚来的钱喝酒赌博。有人忍受不住寂寞，赚了点钱就要打道回府。如何才能稳住这些单身汉呢？李金镛心生一计，派人到外地招来一批年轻貌美女子，办起了妓院。这一招果然见效。夜幕降临之时，一盏盏幽暗的灯光在街头亮起，矿工的身影在妓院门口晃动。一度嘈杂的夜晚安静下来，那些嚷嚷要回老家的矿工也不再吭声。

老金沟矿区没有禁止卖淫嫖娼的规定，有的是扩建妓院的通知。由于妓女众多，空气中弥漫着浓浓的脂粉味，香飘数里。由于妓女们卸妆之后用老金沟河水洗脸，水面上常年漂浮着一层胭脂，“胭脂沟”名字来历又多了一个版本。

与江南的“秦淮八艳”不同，老金沟的妓女出身平民，没念过书，不懂音律诗词，不会丝竹琵琶。其中有许多人来到这边远荒凉孤寂之地后，就再也没有离开。在很多人眼里，她们是为边疆开发做出特殊贡献的“有功之臣”。为了让她们的孤魂有一个好的归宿，金矿当局专门为她们建了一块墓地。今天来到老金沟河谷，仍然可以看到一座座被荒草淹没的“妓女坟”，这是世上唯一的一座专为妓女建立的墓地。

司机小吴说，去墓地的路不好走，也很少有人去。从他迟迟疑疑的口气中，我猜测他可能心里有些避讳，不想带我们去。不去也好，还是让她们静静地安睡吧，为什么要打扰她们呢?

细雨霏霏中，我们来到了建在半山坡上的李金镛祠堂。1890 年，李金镛因积劳成疾，一病不起，客死他乡。金矿当局感念其功，为他建起一座祠堂。在淘金人心目中，李金镛是“金圣”，是他们的财神和保护神。淘金人有一个风俗，挖矿前要用一块红布系在木棍上，面对祠堂方向跪拜磕头，祈求金圣能为他们带来财运，保佑平安。我在祠堂内看到一副对联：“兴利实边鞠躬尽瘁，官声卓著万民拥戴”，也许这是对这位清末洋务运动代表人物的最确切评价。

李金镛祠堂，三十一站（老金沟）

100多年过去，老金沟的沙土不知被筛淘了多少遍，但今天沙金依然不断。不过出于保护生态环境起见，多年前这里已经禁止采金作业。

雨过天晴，天色向晚。落日余晖照在水面上，映出片片白云和丝丝绿柳的倒影。没了车马喧闹，没了人声鼎沸，闻不到一丝一毫的脂粉味。眼前，只有老金沟的河水在夕阳落日下无声地流淌……

雅克萨，古城岛

按照历史教科书的说法，《尼布楚条约》是中国与外国签订的第一个平等条约。为什么会有这样一个条约呢？因为此前清政府与俄国打了两场胜仗，这就是有名的雅克萨之战。

1673年，偏居云南的吴三桂联合广东的尚可喜和福建的耿精忠起兵，史称“三藩之乱”。清政府为平定叛乱，将大批兵力调往南方，北部边防空虚。一向觊觎中国领土的沙俄认为时机已到，以武力和欺骗等手段占领雅克萨城，并以此为据点，向黑龙江中下游扩张。清政府数次派兵驱赶，但俄国军队每次都是走了又来。这个过程有点像“除四害”一样。

康熙平定三藩之乱后，决心腾出手来解决东北边疆危机。1683年，宁古塔副都统萨布素奉命率兵1500人进驻瑷珲，为收复雅克萨城做准备。为迅速传递军情和运送粮草，清政府下令修建通往雅克萨的军事驿道。

一切准备就绪后，康熙于 1685 年 2 月命宁古塔都统彭春赶赴瑷珲，与萨布素汇合，率 3000 名清兵，沿黑龙江和刚刚修通的军事驿道，水陆并行，向雅克萨城进发。清军将阵地设在与雅克萨城一水之隔的古城岛上，用“神威无敌大将军炮”向雅克萨城猛轰。史书记载，清军大炮“声震天地”，俄军被迫溃逃。

不久，俄军卷土重来。清军在古城岛上“掘长堑，立土垒”，连续炮轰，俄军统帅托尔布津中弹身亡。俄军受困，走投无路，被迫投降，清军大获全胜。

在收复雅克萨之战中立下赫赫战功的“神威无敌大将军炮”尽显胜利者的骄傲和荣誉，如今静卧在军事博物馆的古代战争馆，向世人展示此次战役的辉煌。

重压之下，沙俄政府表示愿意和谈。1689 年 9 月，中俄双方代表在石勒喀河畔签订《尼布楚条约》。条约规定，俄国拆除在雅克萨修筑的据点，撤出军队，格尔毕齐河和额尔古纳河以东，外兴安岭以南，包括库页岛，归属中国。

然而，仅仅 160 年后，一纸《瑷珲条约》，将黑龙江以北的 60 多万平方公里土地，包括雅克萨城，都划给了俄国。随后，俄国人为雅克萨起了一个自己的名字——阿尔巴金诺。

在古城岛渡口，我们遇到了村民老王。“今年干旱，江水浅，咱们可以坐拖拉机上岛。”老王指了指身后的“东方红454”农用拖拉机。这种拖拉机有四个轮子，前小后大，当地村民称“四轮子”。四轮子驾驶室后面挂一辆平板拖车，上面胡乱铺着几张硬纸壳，这就是我们的“雅座”。

伴随“突突突”的声响，四轮子驶下江堤，向古城岛驶去。浅滩上布满沙粒碎石，车轮在上面碾过，发出沙沙的响声。待驶入水中，激起片片水花，须臾之间，鞋子和裤脚全部湿透。

岛上遍植黄豆、玉米、小麦，满眼青翠。偶有几排树木，方方整整，将耕地间隔开。田间几栋倾颓的木刻楞房子显示，这里曾经有过人烟。

原以为岛子没多大，可横穿下来竟用了半个多小时。一路饱受颠簸之苦，还有纷扬的尘土、刺鼻的柴油味道和蚊蝇的叮咬。一辆特殊的交通工具，一次特殊的寻访经历，一种特殊的身心感受。就在大家陷入麻木之际，发动机骤然息声，东岸到了。

眼前就是黑龙江主航道，对面就是昔日的雅克萨城。想当年，那门“神威无敌大将军炮”就架在我们脚下这块土地上。对岸，几所俄罗斯风格的小房子掩映在绿树丛中，一座高高的瞭望塔矗立江边。岸边，几名身穿泳衣的俄罗斯男女青年躺在遮阳伞下乘凉。经过两次战役夺回来、得而复失的领土，如今只能隔江相望。

老王说，过去岛上能看到残存的城墙、战壕和炮台，还有一块“雅克萨之战纪念碑”。1985 年的一场大水，将这些遗迹悉数冲毁。由于岛上地势平坦，土壤肥沃，大水过后，村民上岛平整土地，种上了庄稼。“现在的人对这些事都不了解，也不感兴趣。”老王笑笑说。

夕阳斜照，江面泛起粼粼波光，让人直想亲近。脱下鞋子，蹚入水中，体验一下源头处的黑龙江是啥滋味。

江水清清，不冷不热，不急不缓。星移斗转，世事沧桑，300 多年过去，奔流的江水冲走了战争的痕迹，也冲淡了人们的记忆。如果不说，谁能想到，这里曾经是炮火纷飞的古战场呢？

看我们怅然若失的样子，老王有些不好意思，说：“岛上有一块界碑，要不要去看一看？”老王的提议给大家带来了兴奋点，于是重新坐上“雅座”，在“突突突”的声响中沿田垄小路向古城岛深处驶去。

界碑立在地头的荒草丛中，上面刻有“中国，147(1)，

黑龙江晨雾，漠河兴安镇

1993”字样。旁边，一棵高大的杨树在风中静默。此前，我在边境线见过很多界碑，但立在岛上的界碑还是第一次见。老王说，过去岛上有哨所，多年前随村民一道搬迁。不过，这一带边境看管很严，镇上驻有边防部队，常见他们在江上和岸边巡逻。

时间已晚，天色仍亮。回到镇上，入住江边的雅克萨大酒店。说是大酒店，实则一排平房，与客栈无异，可这就是镇上最好的住处。酒店对面横拉着一幅标语：“前方为中俄界江，请不要越过中心线”。村委会门口的标语说得更直白：“界江活动需谨慎，非法越界异国服刑 4 个月”。

酒店老板娘来自漠河，见到我们，脸上现出几分惊异：“这地方太偏僻了，很少有游人来。说是镇子，实际上就 3 个村子，500 户人家，不到 2000 人，年轻人都到城里打工去了。以前村里只有几台柴油发电机，刚和外面的电网连上。”

凌晨四点，早早起床，来到江边。晨曦微露，江面升起淡淡的薄雾，水汽氤氲，缥缥缈缈，犹如一幅天然的水墨画。不知从哪儿飞来一群水鸟，扑打着翅膀，三三两两落在江中沙洲上。古城岛，还有那昔日的雅克萨城，在薄雾中若隐若现，引人思绪万千。

驿道，淹没于荒草丛中

在黑龙江地图的上部，有一连串按数字顺序排列的地名：六站、十站、十八站、二十站……这些奇特的地名串起的是一条古老的北方驿道。

雅克萨之战前，由瑷珲城前往雅克萨城主要走水路，即沿黑龙江溯流而上。1685 年，清政府从杜尔伯特、扎赉特选派蒙古兵 500 人，索伦兵一部，沿嫩江上游东岸及大兴安岭北坡劈山筑路，砍树架桥，修筑了从墨尔根（今嫩江）至额木尔河口（今兴安镇）的驿道。驿道全长 1400 余里，设 25 个驿站，平均 60 里一站。我在漠河县兴安镇看到一块写有“二十五站村委会”的牌子，昔日的驿道驿站遗迹已经无处可寻，唯一保留下来的只有这个地名。

兴安镇二十五站村委会

这条驿道的开辟，比由墨尔根出发经瑷珲再溯黑龙江上行至雅克萨城缩短了200余里的路程，加快了军事情报的传递及军用物资的供应，对雅克萨战役取胜起到了决定性作用。它与吉林、盛京原有的驿道相连，形成了一条可以直达京师的交通干线，相当于现在的国道。我查了一下资料，目前由北京出发，一路向北的国道编号是G111，其终点在大兴安岭的加格达奇，要想到达漠河还要再换行省道。

1685年，清军在第一次雅克萨战役中获胜，为将信息迅速奏报康熙皇帝，遂派3人沿驿道飞马南下。5000余里的路程仅用了11天，在那个年代可称为奇迹。正在古北口巡幸的康熙收到捷报后，龙颜大悦，吩咐左右重赏驿差。于是，这条驿道又有了一个皇家称谓——“奏捷之驿”。遗憾的是，雅克萨战役结束后，清军撤回，那些苦心修建的驿道驿站渐渐被淹没在荒草乱石之中，任由风吹日晒雨淋，至今遗迹难寻。

200年后，一位清朝官员重新踏上这条古驿道。他就是李金镛，吉林候补知府。李金镛此行的目的是奉命到漠河督办金矿开采。从墨尔根到漠河，李金镛一路披荆斩棘，风餐露宿，受尽磨难。“为什么不恢复这条驿道呢？”艰难跋涉中，他滋生了一个大胆的想法。

到达漠河后，李金镛放下行李，即刻修书，将想法上奏朝廷。李金镛的想法正符合光绪皇帝意愿，没多久即下旨：调遣精兵500名，加上部分充军发配的罪犯，由鄂伦春人做前导，对墨尔根至漠河的古驿道进行“修整改建”。这一次，除康熙年间设置的25个驿站外，又向黑龙江上游方向增设8站。其中，漠河村（今北极村）为三十站，老金沟（胭脂沟）为三十一站，洛古河为三十二站。第三十三站即终点站，在额尔古纳河东岸的西口子村，称八道卡站。

与雅克萨战役前后不同的是，光绪年间修建的这条驿道此次担负了一个更加神圣的使命，就是运送黄金。昔日的“奏捷之驿”摇身一变，成为“黄金驿道”。

在以马匹作为交通工具的年代，按照“马力”，驿道每隔60里左右需要设立一个驿站，如同现在的高速公路服务区。每个驿站设1名站官，配站丁10人、马20匹、牛30头。最初的站丁多为“三藩”的降将和降卒，后又从布特哈八旗和呼伦贝尔八旗中选派兵丁当差。

站丁的后裔称站人，如今在当年古驿道经过的地方仍然可以找到。《远方的家——百山百川行》节目组曾在嫩江江畔的科后村采访过一户站丁后裔。当听说他们祖上来自“小云南”时，记者疑惑不解，经主人一番解释后才恍然大悟。原来，吴三桂据守西南时，其统治范围包括云南和贵州，由于贵州面积小，被称为“小云南”。

时至今日，在这些站人的生活习惯中，仍然可以发现南方人的影子。比如，站人的灌血肠中掺有大米和芹菜，显然是受南方人喜欢吃米的影响。把主食和副食混合在一起，也便于站丁随时起身上马，相当于现在的快餐。我对血肠不陌生，但在其中加入大米和蔬菜，还是第一次听说。站人做的渍油饼，是用新鲜的猪油和白糖和的面，这与南方人做面食喜欢放糖有关。疙瘩汤是东北特色，里面加入河鱼和酸菜，让人想起贵州的酸汤鱼。

站丁的人身自由受到严格限制。按规定，站丁及其家属必须在指定的方圆 12 里区域内活动。站丁在传递公文之余，开荒种地，自给自足，不负担租税。他们不能读书，不能入仕。遇公文到站，站官迅即派站丁传递，稍有贻误，便可能导致杀头之祸。公文送到下一站后，换马换人。遇有紧急文书，到下站换马不换人。遇有火急军情，必须星夜疾驰，人马都不换，日行 800 里，最后马累死了，驿差只能连滚带爬。站上人给这种“快递业务”起了个名字——“八百里滚蛋”。

不难想象那些身负紧急军情和机密文书的站丁在坎坷不平的山路上策马急驰的情景：夏天，烈日当头，汗流浃背；冬天，风雪弥漫，须眉结冰。白天，一骑过处，尘沙飞扬；夜晚，火把引路，披星戴月。

武侠小说中，传送紧急情报的驿差往往这样出场：

“驿马飞驰而至，但见人影一晃，跳将下马。大喝一声：八百里加急！御赐金牌，阻者死，逆者亡！随即便见烟尘滚滚，骑者已然离去。此时，古道凝云，晴空赫然……”生动传神，活灵活现。

站丁及家属在荒蛮之地守护驿站，垦荒种地。久而久之，驿站形成了村落。相比于游牧民族的迁移不定，居无定所，驿站奠定了东北地区人口分布的最初格局。今天东北地区的城镇，追根寻源，很多都是当年的驿站。

今天，这些驿站站舍已经踪迹难觅，这与北方过去搭建房屋多用泥土有关。我去过河北怀来县的鸡鸣驿，那是一处明代的驿站，至今保存完好。原因在于，它的房舍和城墙用青砖砌成，再加上它离京城较近，维护得好。1995 年发行的《古代驿站》邮票中，有一枚就是河北的鸡鸣驿。

驿站上的站丁大多为汉人，来自中原或者南方。随着他们的到来，先进的农耕技术以及儒家文化传入松嫩平原和兴安岭林区。站丁向当地的达斡尔人、鄂温克人和鄂伦春人学习狩猎、烧炕，在严酷的自然环境中生存。南北文化在这里碰撞、融合。

如今，这条古老的驿道已经结束了其历史使命，代替它的是从嫩江到呼玛的 S208 省道和呼玛到洛古河的 S209 省道。我在 S209 省道上走过一段，也就是中国版图最北端的兴安镇到老金沟这一段，按照当年驿站的排号，应当是第二十五站到第三十一站。这段路沿黑龙江江岸而行，当地人称边防公路。如果不说，任谁也想不到这是当年的驿道。那时候，跑在路上的是马车、牛车和爬犁，路况比现在不知要艰难多少。

驿站驿道曾经的存在和它们的作用没有被人们遗忘。2013 年 3 月，“墨尔根至漠河古驿站驿道”被列为全国重点文物保护单位。探寻古驿道，重走黄金路，为众多户外爱好者所向往。我有一位户外朋友，多年来一直热衷寻访国内外古道，他几次对我说起这条北方驿道，希望以后有机会能够全程走一次。

瑷珲，百年光阴

那些年，那些事

老友宋魁上传一条微信：黑龙江省政府决定将“爱辉”镇的名称恢复为“瑷珲”镇。看似不起眼的一条消息，触发了我的一次探寻之旅。

瑷珲，黑龙江边一个寂静的小镇，人口不过 10 万多一点点，在地图上甚至找不到它的影子。但在近代史上，它却是一个国人尽知的地方，中国第一个对外不平等条约就是在此签订的。

第二次鸦片战争期间，英法联军攻占广州，继而北上，进犯天津，威胁北京。沙俄认为有机可乘，一番密谋策划后，一支由东西伯利亚总督尼古拉•穆拉维约夫率领的哥萨克部队，在两艘炮舰护送下，沿刚刚解冻的黑龙江顺流而下，来到瑷珲城。时间是1858年5月。

穆拉维约夫对黑龙江将军奕山说，他此行的目的是“助华防英”。为双方利益，应废止此前签订的《尼布楚条约》，沿黑龙江和乌苏里江划界。奕山起初不买“老毛子”的账。但俄国大兵不是吃素的，夜黑人静之时，一通“鸣枪放炮”。奕山被镇住了，最终在穆拉维约夫事先起草好的条约上签了字。据后来一个喝高了的哥萨克兵说，他们那天晚上放的是空炮，纯粹就是为了吓唬吓唬那些没见过世面的清兵。

《瑷珲条约》规定，将黑龙江以北、外兴安岭以南60万平方公里土地割让给俄国；将乌苏里江以东，包括海参崴和库页岛在内的黑龙江下游以南40万平方公里土地划为中俄共管。两年后签订的中俄《北京条约》承认了《瑷珲条约》的效力，同时又将中俄共管的那部分土地明确划给了俄国。

两份条约的签订，使沙俄攫取了大片中国领土，打开了俄国通往太平洋的通道。而中国在割地的同时，失去了通往日本海的出海口。白山黑水，支离破碎。

瑷珲历史陈列馆内，展列有两幅真人大小的复原场景，一幅是在签订《尼布楚条约》，一幅是在签订《瑷珲条约》。前一场景中，中俄双方签字代表平等对视，中方官员不卑不亢，现场气氛和谐；后一场景中，俄方代表盛气凌人，一副签也得签、不签也得签的架势，而清朝官员则表现出一副懦弱瑟缩的样子。

穆拉维约夫是一名职业军人，也是一名冒险家，他对土地有着永远也不满足的欲望。任东西伯利亚总督期间，他全力进行领土扩张活动。为此，他释放了在尼布楚服役的矿工，让他们从事黑龙江两岸荒芜土地的开发，并建立起一支骁勇善战的巡边骑兵部队。在这个过程中，欺骗、恐吓、驱赶、杀戮等不光彩行为与他如影相伴，黑龙江两岸的土著居民视他为“恶魔”，拿他的名字吓唬小孩。恶劣的自然环境使他的团队受尽劫难，成员中饿死、冻死、病死者不计其数。在粮食断绝时，甚至出现过吃人现象。

俄国人向来有崇尚民族英雄的传统。沙皇为穆拉维约夫赐封号为阿穆尔斯基伯爵（即黑龙江伯爵），并在他逝世十周年之际，在圣彼得堡为他建立一座全身塑像。俄国人先是将塑像运到黑海边的敖德萨，再经海路千里迢迢运到海参崴，再由海参崴运到兴凯湖，然后进入乌苏里江，最后到达远东城市哈巴罗夫斯克（伯力）。这一路几乎跨越了大半个地球，可见俄国人对这个开疆拓土“民族英雄”的重视。

我在哈巴罗夫斯克见过这座雕像。雕像中的穆拉维约夫一手拿单筒望远镜，一手拿《瑷珲条约》，脚踩一根系着两只铁锚的锚链，面对黑龙江，虎视眈眈。类似的雕像在布拉戈维申斯克（海兰泡）也有一座，只不过体积小一点，显然是“跟风”之作。在布拉戈维申斯克，导游拿出一张5000元的卢布，向我们展示说，这是俄罗斯最大面值的卢布，背面的人物就是穆拉维约夫。在俄罗斯人眼中，穆拉维约夫是“最值钱的人”。

从旅行攻略中得知，《瑷珲条约》文本存放在阿穆尔州地志博物馆。该博物馆位于布拉戈维申斯克市列宁大街165号，是一座漂亮的欧式建筑。房前树木繁盛，浓荫密布。馆内藏品丰富，展示全面。女讲解员带我们楼下楼上迅速转了一圈。我发现，她对布拉戈维申斯克城市的由来介绍语焉不详。问及《瑷珲条约》文本的下落，她不耐烦地看了我一眼，似乎我是在多嘴，回答说不在参观和讲解范围内。个中原因不言自明，戳到痛处、点到软肋了。不用说，这位“玛达姆”不欢迎我这种刨根问底的人。

布拉戈维申斯克位于黑龙江东岸，精奇里江（结雅河）在此汇入黑龙江，历史上为鄂伦春人和达斡尔人居住地，它有一个好听的中国名字：海兰泡。1683年（清康熙二十二年），清政府为对付沙俄军队的频频入侵，在海兰泡修筑城池，任命抗俄名将萨布素为首任黑龙江将军，相当于现在的“省长兼省军区司令”。萨布素将他的城堡命名为瑷珲，因城外有一条名叫瑷珲的小河流过。在满语里，“瑷珲”的意思是水貂。

由于嫌过江联系不便，两年后黑龙江将军府移往江西，地址就是我们今天来到的瑷珲古城。由此说来，海兰泡曾是黑龙江省最早的“省会”，瑷珲是黑龙江省的第二个“省会”。

风铃墙，魁星阁

作为雅克萨战役的后方基地，瑷珲曾是黑龙江沿岸最大最繁华的城镇。

“走出要塞大门，一条长且宽的大街展现在眼前，这条街与河岸平行伸展着，大街两旁有许多小巷和街道，几乎每栋房子临街的一面都是店铺，每个店铺都写有花花绿绿的汉文和满文招牌……”在《黑龙江游记》中，俄国人马克这样描述那时的瑷珲新城。

《瑷珲条约》签订后，俄军侵占海兰泡，将其更名为“布拉戈维申斯克”，意为“报喜城”，以庆祝条约签订的成功。1900 年 7 月，沙俄军队趁八国联军进攻北京，清政府无暇北顾之机，以义和团破坏中东铁路为由，在黑龙江东岸制造了海兰泡惨案，5000多名中国百姓被手持刀斧的俄兵砍杀或推入江中溺水而亡。随后又制造了江东六十四屯惨案，2000多名中国百姓被害。

沙俄军队继而越过黑龙江，将有300多年历史的瑷珲古城付之一炬，幸存下来的只有一座魁星阁。由于这一年是庚子年，人称“庚子俄难”。

经过交涉和驱赶，沙俄军队于1907年退回江东，瑷珲城得以在一片瓦砾上重建。1956年，国务院对一批“生僻难认”的地名用字进行简化，将“瑷珲”改为“爱辉”，此举遭到很多文史工作者的反对。2009年，黑龙江省政府向国务院申请将“爱辉”区恢复为“瑷珲”区，未能获批。

2015年5月，黑龙江省政府在权限内批准，将爱辉区下面的“爱辉镇”的名字恢复为“瑷珲镇”。《黑龙江日报》称：“瑷珲，这一已有400多年历史的称谓，承载着历史、蕴含着文化、凝结着乡愁、寄托着希望，在阔别60年后重载史册。”

瑷珲古名的恢复，来自众多人的努力。每天清晨，人们都会看到，一位头发花白的老大爷会准时来到瑷珲纪念馆门前，背靠老榆树，撑开遮阳伞，支上摊位，将几本小册子放在上面。老大爷个头不高，面相憨厚，貌似农民。但当地人说，老爷子是这里有名的民间文史专家，书摊上的资料都是他自己编写的。他以前在当地的农村信用社工作，退休后专门搜集整理瑷珲史料，寻访遗迹，踏查遗址。几十年来，他为恢复古名一事四处奔走，上书呼吁，如今的初步成果，有他很大的功劳。

如今的瑷珲镇，城墙早已不复存在，昔日的将军衙门府，也就是“省政府兼省军区”大院，不见半丝踪影。小镇不算繁华，甚至有些萧索，令人想起女作家萧红笔下的北方农村。

聪明的瑷珲人在博物馆门前设计了一面风铃墙。这面独具匠心的风铃墙由 1858 个铜铃和一口铜钟组成。每当微风吹过，风铃墙就会玲玲作响，提醒人们不忘历史，警钟长鸣。

风铃墙，由 1858 个铜铃和一口铜钟组成

魁星阁建于清光绪年间。当年沙俄军队放火焚毁瑷珲古城，魁星阁能够幸免于难，也算是一个奇迹。伪满时期，魁星阁先后被日伪军占据，作为岗楼使用。1945年8月，魁星阁被出兵东北的苏联红军炮火击中，阁楼塌陷。当地居民后将魁星阁整体拆毁，只剩下地面几块长条形的基石。20世纪80年代，在当地文物部门的呼吁下，魁星阁得以复建，省长陈雷为其题写了匾额。

重建后的魁星阁

在民间传说中，魁星即文曲星，是北斗七星中的第一颗，主宰文运。魁星才高八斗、睿智过人，在文人雅士心目中具有崇高地位。瑷珲古城先后出过 24 位将军、都统和大臣，老百姓相信，这是魁星保佑的结果。百度得知，国内很多地方都建有魁星阁，离我家不远的北京府学胡同小学院内就有一座。可以想见，100 多年前的黑龙江边陲虽非邹鲁之邦，也是一个尊文重教所在，并非想象中的荒蛮一片。

秋高气爽，阳光透过树枝洒落在地面上，留下斑斑驳驳的影子。乘兴登上魁星阁楼顶，遇到一位上年纪的守楼男子。他一开始以为我们是来为子女升学祈愿的，神秘兮兮地说：这里的香火很灵，被魁星点中可以“金榜题名、一举夺魁”。当得知我们的来意后，守楼男子话题一转，滔滔不绝地给我们讲起了魁星阁的掌故，言语中透露出一份对家乡的热爱之情。

老海关，胡焕庸线

驱车来到江边码头。岸边渺无人迹，四下一片静寂，耳边能听到的唯有哗哗流淌的江水。

边防哨所前，几位战士坐在马扎上学习，专心致志的劲头不亚于高考前的学生。从战士们身边走过，瞄了一眼，原来他们是在背作战手册。一位小战士见有人过来，抬头笑了笑，然后继续当他的“低头族”。

边防哨所几百米外，矗立着一座古色古香的老建筑，这就是瑷珲老海关遗址。房舍由青砖垒筑，正中一扇拱门，上嵌几排黄铜铆钉，给人一种威严感。大门两侧各有一个略小一点的拱形门，中间有青砖门柱相隔。大门上方呈牌楼状，檐头为波浪式造形，窗户为拱形，整体建筑风格极具艺术感。

迈进大门，发现屋内堆满砂石木料，无处下脚。一位装修工人说，这里要建海关博物馆，年内开馆。他们的任务是修旧如旧，恢复原貌。

史料记载，瑷珲曾是黑龙江流域最大的对俄通商口岸，海关建于1909年，关址设在古城东门外临江码头处，与布拉戈维申斯克市隔江相望，房址原为当地一家有名的商号——惠恩堂。1912年，海关迁往黑河，此处改为分关。1921年，瑷珲分关升为独立关，直属北京总税务司。“九一八”事变后，瑷珲海关闭关。新中国成立后，海关房舍被挪作他用。至今，门楣上仍留有“人民公社”字样。

几缕枯草从檐头露出，随风晃动。一起晃动的，还有这幢老建筑的百年光阴。

瑷珲虽为弹丸之地，但在地理学上却赫赫有名。1935年，人口地理学家胡焕庸根据他的考察提出，在中国地理版图上，可以划一条从东北瑷珲到西南腾冲，大致呈 45 度的斜线。线东南人口稠密，以农耕经济为特征；线西北人口稀少，以游牧经济为特征。就土地面积和人口比例看，线东南以 44% 的面积集聚了 94% 的人口。该观点一经提出就引起国内外地理学界的重视，将这条地理线命名为“胡焕庸线”（又称“瑷珲—腾冲线”）。

时至今日，胡焕庸线中提出的规律仍然没有被打破。按照《中国国家地理》杂志执行主编单之蔷的说法，胡焕庸线不光是人口地理的分界线，也是自然景观的分界线：线东南以平原、水网、丘陵、喀斯特和丹霞地貌为特征，线西北以草原、沙漠、戈壁、冰川和雪域高原为特征。我对单先生的说法深有体会。胡线两侧我去过多次，对这种反差感受深刻，特别是到了大西北，有震撼的感觉。

由于地名改变，“瑷珲—腾冲线”的叫法先后被改为“爱辉—腾冲线”“黑河—腾冲线”。瑷珲地名的恢复，也使地理学上这条重要分割线的叫法回归本源，在户外领域兴起了一股“胡线”热。2016 年第 10 期的《中国国家地理》徒步专辑曾刊载专文“走胡线”。这条线从东北瑷珲至西南腾冲，全长近 5000 公里，从寒温带到热带，跨越万水千山，是一条非常有特色的徒步线路。

我 3 年前去过西南一极的腾冲，这次又到了东北一极的瑷珲，也算完成了一次有特色的“极地”探索。如果有关部门能在这两个极点分别立一块地理标志，与人文历史展示相配合，效果会更好，也更有意义。

边城嘉荫

一条江，一座城

第一次见到黑龙江是 1984 年。那一年，因为要到北京上学，临行前，想到一个黑龙江人不知道黑龙江啥样，说不过去。于是在一位朋友邀请下，与两位同事相约前往黑龙江畔的嘉荫县。

我有个习惯，到一个地方先要探究一下地名的来历。查资料得知，嘉荫原名佛山，因境内有观音山而得名。由于和广东的佛山重名，1955 年地名调整时，按照先来后到的原则，改为嘉荫。而嘉荫这两个字的来历，是因为境内有一条注入黑龙江的河流，名叫嘉荫河。再往下追究，嘉荫河原名佳金河，因当地出产优质黄金而得名，后讹化为嘉荫河。

那次嘉荫之行给我留下的印象是：人车稀少，清新安静，民风淳朴。32 年后，当我再次踏上这块土地时，这种感觉又重新出现，如同过电影一般。如果把沈从文笔下的湘西换成嘉荫，又是一个《边城》。

朋友告诉我，嘉荫全县只有 8 万多人口，这些年没有搞大规模城市建设，资源开发有限，流动人口很少，城市过去啥样现在还啥样。嘉荫不通火车，更谈不上飞机，目前由伊春市区前往嘉荫县城，只有两个办法：一是先坐火车到汤旺河，然后换乘汽车；二是全程坐汽车，走 S204 省道。

嘉荫口岸，寂静无人

虽然地处中俄边境，但在嘉荫却见不到热火朝天的边贸景象，看不到“倒包”的俄罗斯人，倒是能碰见一些中俄混血儿。朋友说，嘉荫 20 多年前设立了对俄贸易口岸，后来又开办了旅游业务，一度很热闹。2012 年，俄方以维修名义单方面关闭了对应的巴斯科沃口岸，嘉荫的口岸也被迫关闭。

随朋友来到已经闲置的口岸，走进联检大厅，里面空空荡荡。通道封闭，免税商店门口的铜锁已有锈痕。货场码头上，一座塔吊高高矗立，不肯低下高贵的头，似乎在等待着有朝一日还能大显身手。江边，一位老人坐在马扎上钓鱼。“不开也好，省得闹得慌。”老人自言自语地说。

巴斯科沃小镇只有几百户人家。在保兴山主峰，透过高倍望远镜，可以看到镇上房屋稀稀拉拉，几乎见不到行人和车辆，周边土地空旷。遥想当年，那片土地也是中国领土。自打《瑷珲条约》签订后，一条黑龙江水成了两国的天然界限。

不过话说回来，工商业不发达也不是坏事。嘉荫这些年瞅准机会，发展旅游，给这里带来了生机和活力。嘉荫位于黑龙江中游，江面宽阔，水流平缓，旅游部门开办了界江游项目。如今，在嘉荫乘船可以一直顺流而下到鹤岗市的萝北县，“游一江碧水，观两国风光”，中间还可以看到“龙江小三峡”。

江边沙滩上，停放着几辆越野车，有人搭帐篷，有人游泳，有人冲洗车辆。交谈中得知，他们来自哈尔滨。“要看黑龙江，这里最近，只有500多公里，周末就可以跑一个来回。”一位身着户外服装的中年人说。

黑龙江中游岛屿众多，中方一侧有名的就有28座。在朋友的引领下，我们乘坐一艘铁皮渔船登上了太平岛。岛上绿树掩映，植物繁多，如黄菠萝、水曲柳、核桃楸、紫椴、山槐，还有五味子和刺五加等中草药材。与黑龙江上其他岛屿不同，太平岛中间还有一个不算小的湖泊，丰水期水鸟成群，岸边开满各种野花，风景如画。

太平岛东西长1700米，南北宽500米，南面是狭窄的内航道，北面是宽阔的主航道。朝俄罗斯方向张望，几座红蓝相间的航标分外醒目，一座瞭望塔高高矗立。虽然看不到哨兵，但可以想见，在高倍望远镜下，我们的一举一动都暴露在“老毛子”的视野下。

岛上有一片空旷的沙滩，一块石碑上写着“太平岛”，为全国政协副主席周铁农到此踏查时所题。此前我登过黑龙江上游的古城岛，也就是雅克萨战役的发生地，面积很大，但沙滩很小。相比之下，太平岛面积不算很大，与乌苏里江上的珍宝岛相仿，但沙滩面积很大，适于发展旅游。

朋友说，以前这个岛承包给个人经营，现已被收回，由县林业局管理，目前正处于开发中，建成后将成为嘉荫旅游业的一个新亮点，不次于哈尔滨的太阳岛。

一个有龙的地方

1902 年，小兴安岭北麓，黑龙江右岸，白崖村。

一天，一个名叫马纳金的俄国服役上校到郊外打猎。中午，他坐在江边的一座小山坡上休息，无意中被身边一块石头吸引。他顺手拾起，细细打量，发现这不是一块普通的石头，更像是一块动物骨骼。很快，他又发现了第二块、第三块……带着疑问和好奇，他把这些疑似动物骨骼的“石头”带回俄国。鉴定结果令人吃惊，原来，它们是恐龙化石。这些恐龙生活在 6500 万年前，属白垩纪中晚期。

很快，俄国人派出专家，来到黑龙江畔那个叫白崖的小渔村。经过持续挖掘，大批恐龙化石面世。1924 年，俄国人将挖到的化石残骸组装起来，一架高 4 米、长 8 米的鸭嘴龙站立在人们面前。俄国人将其命名为“满洲龙”。

白崖，在如今的嘉荫县境内，发现恐龙化石的地方如今叫龙骨山。说起来，我国多地都有恐龙发现，但很

龙骨山，恐龙化石发现地

多人不知道的是，在黑龙江畔嘉荫县境内发现的恐龙是第一条。遗憾的是，这条龙刚刚复显于世，还没等人们看清它的真面貌，即被俄国人打包装船，运到圣彼得堡，陈列在地质博物馆内。

“神州第一龙”的出土震动了国内外地质学界。但由于连年战乱，以及地处偏远等缘故，随着恐龙远走高飞，人们一度激发起来的热情慢慢平淡，龙骨山重新归于沉寂。

20 世纪 70 年代初期，黑龙江中游连发大水。当地渔民发现，被江水冲刷过的龙骨山，岩石剥落处露出一些灰褐色物体。年轻人不明就里，而老辈人则很快联想到 50 多年前“老毛子”在这里挖掘出的什么“龙”。消息一经传开，即引起国内地质专家的兴趣。1977 年，黑龙江省地质勘测队将在此采集到的数十箱恐龙化石标本，运到北京的中国地质博物馆。经过专家研究，它们属于恐龙族群中的鸭嘴龙。

经过挖掘，又有 1000 多块恐龙化石在龙骨山出土。专家将这些化石组装成三具完整的恐龙骨架：一具存放在哈尔滨；一具存放在武汉；还有一具，1994 年在吉林市展出时被火焚毁，与它一起接受“烈火考验”的还有那块 1976 年落在吉林市郊区、重达 1770 公斤的世界最大陨石。

嘉荫恐龙博物馆大厅里，陈列着两具醒目的鸭嘴龙骨架，一大一小，专家推测应为母子关系。母亲身长 9 米，高 4 米；儿子身长 5 米，高 2 米。看它们的姿势，应该是正在向前奔跑，相互顾盼中，由于一场突然降临的灾难，被深埋地下，母子亲情就此化为永恒。

鸭嘴龙属素食类动物，以植物为食。专家认为，它们能够在此大量存活，说明那个时候的黑龙江流域气候温暖潮湿，植物茂密繁盛。换句话说，那个时候的嘉荫相当于现在的海南岛。

展厅内陈列着一具霸王龙，高高扬起的脖子和凶猛的捕食姿势让人联想到这些巨无霸当年在地球上不可一世的场景。6500万年前，恐龙是这个地球上的主人，如同人类是今天这个地球上的主人一样。如果比较一下，人类的身高（长）远远无法与恐龙相比。

那么体重呢？在一个展厅里，我站上一台电子秤，和一条中等个头的恐龙做了个PK，结果显示，相差68倍，天壤之别。如果穿越时空，设想我们赤手空拳与恐龙来一场决斗，下场一定是会被恐龙肥硕的身体碾成齑粉。在恐龙的眼里，我们不过是一只蚂蚁。

想和我比试，没门儿

但说到智力，恐龙显然属于四肢发达头脑简单之列，看看它那与庞大身躯不相匹配的头颅就知道了。不过这也好，如果它的头脑同样发达，不知道会做出什么“惊天动地”的事情来，把地球折腾成什么样。

在英语里，“恐龙”（dinosaur）的意思是“恐怖的蜥蜴”，但嘉荫人却以恐龙为自豪。中国人自称是龙的故乡，嘉荫人自称是“恐龙的故乡”。“沾龙气、结龙缘、走龙运”是嘉荫县吸引游人和招商引资的口号。他们把恐龙雕像摆放在江边的草地上，取名“侏罗纪公园”；把恐龙形象描绘在江堤护墙的大理石上；甚至连江边的那座抽象派风格的县城城徽也是由恐龙演变而来的。用作家张抗抗的话说，在嘉荫这块土地上，“好像一不小心，就会和远古的生灵相遇”。

大江横流，沧海桑田。站在龙骨山上，望着滔滔逝去的黑龙江水，让人思绪万千。恐龙在地球上统治了1.5亿年，而人类的历史充其量只有600万年。人类的文明史呢？更短，只有区区的五六千年。诚如张抗抗所说，人类“有史以来”的文明史，与“地球生物史”相比，是多么微不足道啊！

茅兰沟，北方小九寨

北方有个“小九寨”，地点在嘉荫，名叫茅兰沟。

俗话说，黄山归来不看山，九寨归来不看水。川北的大九寨有“六绝”：翠海、叠瀑、雪峰、蓝冰、彩林、藏情。那么嘉荫的小九寨呢？有人总结出“五绝”：水秀、潭幽、瀑美、山奇、林茂。不管多少“绝”，二者都以水取胜。

茅兰沟因茅兰河得名。茅兰河发源于小兴安岭北麓，由西南向东北方向流入黑龙江。河流经过之地涧深林茂，常有虎狼出没，故当地百姓称其为“猫狼沟”。有人觉得不够文雅，遂取谐音改名为“茅兰沟”。这让我想起一个例子，孔雀河原名“昆其河”，维语意为“皮匠河”，一个随左宗棠西征的湘军秀才对这个名字不满意，于是发挥文人想象，按照音译将其改为“孔雀河”。这个名字既好听又好记，于是流传开来。

由于隐匿深山，茅兰沟过去一直“养在深闺人未识”。多年前，来此下乡的上海知青发现，在这罕有人至的深山老林里，竟然藏着一个“杨家女”。茅兰沟自此揭开了它的神秘面纱，成为旅游热点，这一过程与九寨沟的发现倒有些类似。

茅兰沟峡谷形成简介

走进茅兰沟，就是走进了大自然的怀抱。由于没有人为的开垦采伐和商业活动，茅兰沟一直保持着原始风貌，一山一水、一草一木都显示着十足的野性。置身这样的世界，人的心情不由放松了许多，脚步也轻快了许多。

沟谷内野趣盎然。进入沟口，首先要通过一个长108米，有222个台阶的天梯。天梯陡峭险峻，向下望去，山峰耸立，岗峦起伏。下到谷底，一潭清水出现在眼前。茅兰河在这里回转200多度，河水从石缝中喷涌而出，汇成一池幽幽的潭水。

传说，很久以前有仙女私自下凡，因受不了人间燥热，遂下到茅兰河中沐浴。王母娘娘寻访至此，怕凡夫俗子偷窥仙女玉体，便点出四壁屏障，以隔绝凡人视线。仙女随王母娘娘返回天宫，留下如此美景，人称“仙女池”。

在沟谷内行走，就是在与欢快的流水相伴而行。茅兰河沿陡峭峡谷激流奔涌，斗折蛇行，顺着三个石阶蜿蜒而下，积水成潭，潭满则泄，泄则为瀑，瀑又生潭。三瀑三潭相映，构成了茅兰沟奇异的“三阶潭”景观。

论规模和气势，茅兰瀑布在国内的瀑布中不算什么，落差只有10余米，宽度只有7米。但在满目青山环绕中，它的出现令人眼前一亮，其小巧精致，“类智者所施设也”。如果把它放大，活脱脱就是贵州的赤水大瀑布。瀑布下临深潭，取名黑龙潭。潭幽水碧，清澈见底，有鱼儿浮游水中，倏忽即逝。蹲在潭边，掬一把泉水，嗅一嗅味道，再往脸上撩一撩，顿觉神清气爽。

据地质学家考证，亿万年前，由于地壳变迁，褶皱断裂，在此形成一道深谷。沟谷长 15 公里，两侧层峦叠嶂，群峰突起。最有看头的是野鸽峰，一峰兀立，气势非凡。在夹岸森然的沟谷内行走，望着一座座突兀而起的山峰，让人疑心是到了张家界。

茅兰瀑布，小巧精致，盈盈可亲

茅兰沟林木茂密，不仅有大面积的原始森林和天然次生林，还有种类繁多的花草植物。对生活在城市里的人来说，来这里可以养眼，也可以洗肺。这里的负氧离子是城市的几万倍。在雾霾笼罩的今天，如此境地，实难寻觅。我每次回到小兴安岭林区，最大的感觉就是空气中有一种沁人心脾的味道，甜丝丝的，让人呼吸不够。

高高的兴安岭，一片大森林

“高高的兴安岭，一片大森林，森林里住着勇敢的鄂伦春，一呀一匹猎马一呀一杆枪，獐狍野鹿满山满岭打呀打不尽。”一首流传于大小兴安岭山地的《鄂伦春小调》，形象地道出了鄂伦春人的生活习性。

鄂伦春族是中国“六小”民族之一。我查了一下资料，2014 年，鄂伦春族的人口排序正好在倒数第六，只有 8000 多人。倒数第一的，也就是人口最少的是珞巴族，只有 2000 多人。我几年前到过中印边界的南伊沟，与珞巴人有过近距离接触，对他们独特原始的民族风情感受深刻。打那以后，少数民族中的“少数民族”就成为我寻访之旅的一项重要内容。

一匹马、一杆枪、两只猎狗，这就是鄂伦春猎人的全部“流动资产”。他们一年四季追逐着獐狍野鹿，游猎于大小兴安岭的高山密林，过着原始人般的狩猎生活。1953 年，政府在山下为鄂伦春人建立了定居点，从此，他们结束了散居山林的生活，由单一狩猎向农耕生活转变。现如今，为数不多的鄂伦春人主要分布在内蒙古的呼伦贝尔以及黑龙江的塔河、呼玛、爱辉、嘉荫等地。嘉荫县的鄂伦春人主要聚居在乌拉嘎乡胜利村，只有 100 多人。

茫茫兴安岭为鄂伦春人提供了丰富的衣食来源，他们也从中找到了自己的生存方式。围鹿，又称打红围、蹲碱厂，是鄂伦春人狩猎的一种主要方式。鹿喜食盐碱，每年五六月份，春暖花开，鹿茸成熟，鄂伦春猎人会选择一处河边平坦位置，将草拔掉，用木棍掘一些小坑，里面撒些盐，盖上一层薄土，再洒点水。没一会儿工夫，地面就会出现一片白花花的盐碱土。猎人则藏在附近的草丛中，支起枪架，等待鹿的到来。

小兴安岭白头鹤，又称“修女鹤”

打猎离不开马和狗。猎马和猎狗是鄂伦春人的忠实伙伴，须臾不离。鄂伦春人有个习俗，即从来不杀马和狗，不吃它们的肉。如果在鄂伦春人面前说马和狗的坏话，可要小心他们的拳头。

“苏恩”，又叫狍皮衣，是鄂伦春人的传统服装。顾名思义，它是一种用狍子皮缝制的衣服。这种衣服穿起来结实、柔软、轻便，适应寒冷气候和游移不定的狩猎生活。狍皮衣上面多饰有弓箭、鹿角和云卷等图案，美观大方。东北人喜欢戴狗皮帽，但你从来见不到鄂伦春人戴这种帽子。鄂伦春人戴的是狍头帽，也就是用狍皮缝制的帽子。这种帽子戴到头上，活脱脱就是一个狍子脑袋。用独具匠心、别具特色来形容鄂伦春人的服饰，恰如其分。

鄂伦春人的传统住房是“斜人柱”，又叫“木杆屋子”。盖斜人柱，需要先将几根顶端带枝杈的木杆斜搭成一个架子，状如圆锥，再将其他木杆横搭在主架之间，形成一个伞状的骨架。夏天，骨架上覆盖桦树皮；冬天，骨架上覆盖狍子皮。斜人柱顶端留有空隙，用于生火时通风出烟，又便于采光。南侧向阳部位开一个门，正对门的铺位叫“玛路”，是供神的地方，大人住右侧铺位，小孩住左侧铺位。屋内中间有一个火塘，上吊一口铁锅，既可取暖，又可做饭。

仓房称“奥伦”，盖在斜人柱周边，用于存放肉干、粮食、干菜和衣物。奥伦的四只脚架很高，这样野兽够不着。这些奥伦一个个矗立在起伏的山地间，远远望去，如同瞭望哨一般。

“男人不怕山高，女人不怕活细。”鄂伦春女人心灵手巧，善于用桦树皮制作各种精美的日常用品。兴安岭桦树密布，初夏树水分大，树皮易于剥取，鄂伦春人会挑选粗壮、挺直和光滑的，先用刀子在树干上下各划开一圈口子，然后再竖划一刀，再用双手将树皮慢慢撕下。用桦树皮制作的用具大到衣箱、水桶

打猎归来（桦皮画）

和背篓，小到盆碗、烟盒和针线包。做好之后，还要在上面雕绘各种花纹图案。今天，走进兴安岭林区的人家，仍然可以看到这种用桦树皮制作的用具，也有些专门作为工艺品来展示。

东北三大怪中，有一怪叫“养个孩子吊起来”。过去，在鄂伦春部落里，小孩出生后，要放到“悠车子”里，吊在斜人柱内的房梁上，如果天气好则吊到屋外的树杈上，让婴孩享受一下暖暖的阳光。母亲坐在悠车子旁，一边“做活计”，一边哼着东北小调：“月儿明，风儿静，树叶儿遮窗棂，蛐蛐儿叫铮铮，好比那琴弦儿声。琴声儿轻，调儿动听，摇篮轻摆动，娘的宝宝闭上眼睛，睡了那个睡在梦中……”不时伸出手来，整理一下被子，晃动一下悠车子。

悠车子，学名摇篮，多用桦树皮做成，源于北方狩猎民族——满族、达斡尔族和鄂伦春族。把孩子吊起来，为的是防止野兽袭击。受狩猎民族生活习俗的影响，悠车子也广泛流行于东北地区的汉族人家庭。我小时候睡的就是这种床，如今想起来，仍是满满的回忆。

丰饶之地

“黑龙江，金镶边”，短短六个字，道出了黑龙江两岸物产的特点。

早在清代，黑龙江边的漠河、黑河、嘉荫、萝北就出产黄金。漠河老金沟出产的黄金曾作为贡品，经黄金驿道运到京城，成为慈禧太后从法国购买胭脂的本钱。同治年间，清政府把一部分太平天国俘虏发配到萝北，采金之地因而得名太平沟。萝北人不忘历史，几年前在原址建起一座黄金古镇，用以展示古老的采金文化。

嘉荫的黄金产自观音山下的乌拉嘎乡，最早由居住在这里的鄂伦春人发现。1874 年，清政府在嘉荫设置衙门，督办黄金开采。打那以后，嘉荫一直是国内一处重要的黄金产地。乌拉嘎国家矿山公园至今存有清末民初、日伪时期和新中国成立后的沙金开采遗址。

兴安杜鹃，又名“达子香”

1988年，有人在乌拉嘎金矿发现一块重2155克、成色70%的金块，人称“狗头金”，一时引起轰动。很多人就是在这个时候才知道黑龙江边有个嘉荫县，那里出产黄金。

得地利之便，嘉荫人几乎顿顿都能吃上新鲜的江鱼。有人将黑龙江里的鱼归纳为“三花五罗十八子”。“三花”指的是鳌花、鳊花和鲫花；“五罗”指的是哲罗、法罗、雅罗、胡罗和同罗；“十八子”指个头较小的鱼，如船丁子、柳根子、白漂子、七星浮子、草根子、嘎牙子、牛尾巴子等。“十八”是言其多，实际数目比18还要多，连当地人都叫不全。

“鲶鱼炖茄子，撑死老爷子。”我30多年前第一次来嘉荫时，在当地朋友的邀请下，当了一回“老爷子”。这次在嘉荫的一家渔村，又尝到了“江水炖江鱼”的滋味。这道菜的做法说起来很简单：铁锅中倒入清净的江水，把刚刚捕捞上来的江鱼去鳞开膛洗净，放入锅中，汤里不放佐料，只放些许的食盐，慢火煨炖。尝过这种鱼，给人的感觉就是八个字：口味清香，原汁原味，与大饭店里用数十种佐料煎炒烹炸做出来的鱼完全两样。

如果不想吃个头大的鱼，那就吃炸小鱼吧。不是有“十八子”吗，还愁没得吃？炸好的小鱼就着东北小烧，那叫一个爽。嘉荫老百姓的日子就在这一盘炸鱼、一壶烧酒中慢悠悠地度过。

东北有句俗语，“别拿豆包不当干粮”，这里说的豆包指的是黏豆包。黏豆包个头小，但黏性十足，充饥功能丝毫不逊于大个的馒头。村民出门干重体力活，早上需要吃饱才行，这时，黏豆包就发挥了威力。我小时候经常随父亲下地干活，上山拉柴火，对此感受深刻。如今，日子好了，不必担心挨饿，但做黏豆包的习俗却在很多地方被保留下来，昔日用来撑肚皮的黏豆包变成了风味食品。

嘉荫县有个太平村，做黏豆包有上百年历史，人称“黏豆包村”。做黏豆包通常用大黄米面，但太平村不同，村里人用的是黏玉米面，配以红小豆为馅。这样做出来的黏豆包色泽黄亮，口感黏甜，劲道有力，略带清香。在吃法上，花样繁多：蒸着吃、煎着吃、炸着吃——想怎么吃就怎么吃。

一过腊八，太平村的老老少少就开始忙活起来，揪一小块发酵好的黏玉米面，放在手中拍扁，抓一把烀好的大芸豆或者红小豆馅放在上面，收紧面口，双手揉圆，一个小小的豆包就此成形。金黄色的豆包一圈圈摆放在竹篦子上，放入大铁锅中，蒸上半个小时就可以出锅。用筷子夹起一个，蘸上白糖，放入口中，别提多美了。对嘉荫人来说，过年就得这样，热热乎乎、团团圆圆、有黏合力。由此，黏豆包又有了另外一个叫法：“年豆包”。

吃不了的黏豆包，可以放到屋外的小棚子（仓房）里冻上，吃的时候再用斧头或者锤子等铁器敲开，放到锅里热开。化冻后的黏豆包和刚蒸出来的没什么两样，依旧是色泽黄亮，香味扑鼻。在村民的习俗中，黏豆包也是逢年过节招待亲友的好“嚼咕”，送人的好礼物，比什么都值钱。

对远离故土的游子来说，小小的黏豆包也寄托着一份乡情。我有一位老乡朋友，曾任伊春林区父母官，到北京多年，位至央企高管，每次到东北餐馆聚会，都忘不了点上一盘黏豆包。不为了充饥，不为了解馋，只为了那份忘不了的乡情，拾回那份儿时的记忆。

在嘉荫，好吃的不光是黏豆包，还有干豆腐。东北菜中有一道“尖椒干豆腐”，让人吃过难忘。但很多人不知道的是，用嘉荫出产的干豆腐做这道菜，味道最香。嘉荫县地域辽阔，土壤肥沃，是黑龙江北部大豆主产区。这里生产的大豆颗粒饱满，色泽纯正，用它加工出来的豆腐质嫩可口，营养丰富。如果做成色泽金黄、薄如纸张的干豆腐皮，更是百吃不厌。

除了用尖椒炒干豆腐皮外，勤快的家庭主妇还把豆皮切得细如丝线，用来拌凉菜。有些粗鲁的汉子等不及，干脆直接用干豆腐皮卷根大葱，蘸上豆瓣酱，大口咀嚼，口中发出声响，让人看着眼馋，恨不得一把抢过来。如今，很多外地朋友到嘉荫来，临行前一定要买上几斤干豆腐皮。用香飘百里、声名远扬来形容嘉荫的干豆腐皮，毫不为过。

东极之旅

同江，百年通关之地

翻开中国地图，可以看到，有一条贯通中国南北的通道，沿边沿海修建。它就是国家“五纵七横”交通规划中的同三高速公路，起点位于黑龙江省同江市，终点位于海南省三亚市，全长 5700 公里。

就名气说，同江远远比不上三亚。但从交通角度看，同江的重要性不次于三亚。除陆路交通外，同江还是中国北方水路交通的一个枢纽点。黑龙江和松花江在同江交汇。两江汇合后，一路向东奔流，在抚远接纳乌苏里江后，进入俄罗斯境内，在尼古拉耶夫斯克（庙街）进入鞑靼海峡，汇入日本海和太平洋。在陆路交通不发达的年代，客流和物流主要依靠水路，同江的地位不言而喻。

同三公路起点，黑龙江和松花江交汇处

“百货随潮船入市，车如流水马如龙。”100 年前，同江是中国和俄国通商的重要关口。在同三公路零公里起点附近，我寻访到一处老海关旧址。说起这座老海关，很有些历史。1901 年，清政府与列强签订《辛丑条约》，随后决定利用庚子赔款，以关税为抵押，在黑龙江、松花江和乌苏里江增设口岸。同江海关时称拉哈苏苏海关。拉哈苏苏是赫哲语，意为“老屋”，也是同江的旧称。

拉哈苏苏老海关最初为分卡，后升为分关，由哈尔滨海关管理，负责稽征关税、检船验货和查缉走私。老

拉哈苏苏老海关旧址

海关建筑为欧式风格，现已改建为拉哈苏苏海关博物馆。经过多次拆迁、改建和维修，老海关的建筑格局已经今非昔比，但从保留下来的主体建筑和门口的一棵古树可以想见当年这里的喧闹场面。

100 年过去，老海关早已失去作用，那么新海关啥样呢？来同江之前，我在《远方的家—边疆行》节目中

得知，在黑龙江的对俄边境贸易口岸中，同江口岸与黑河口岸、绥芬河口岸并居前列。同江口岸有两个港区，一西一东。西区离市区较近，专门走货运；东区离市区较远，以客运为主。

在西区货港，一位守门人听说我远道而来，特意为我开了绿灯，允许我进入货场。临进门时，他又补充一句话："你可以走到江边码头，那里有吊车在卸货，拍出来的照片很漂亮。但不要靠近大卡车和吊车，防止碰着。"守门人的一番话让我好不感动，在我的寻访途中，又遇到一个好心人。

同江货港码头，两辆吊车在卸载由俄罗斯运过来的原木

货场上堆满了一摞摞齐整整的原木。一位中年卡车司机说，这些白皮松都是从俄罗斯进口的，现在国内这样的木材已经不多了。俄罗斯那边林子保护得好，但他们有规定，不能出口木材成品，只能出口原木。他们要把这些进口原木运到沈阳，由木材加工厂制成板材，再销售出去。

“中国卖给俄罗斯什么呢？”我问。“主要是建材、水泥、粮食和日用品。”卡车司机说。

码头处，江水流速缓慢，可以判断这是一个天然深水良港。一艘驳船停靠在江边，一架高大的吊车抓起船上的原木，缓缓转动巨大的脖颈，把它们轻轻放在岸上。原木垛在一点点增高，驳船吃水线在一点点下降。远处江面上，又有一艘满载木材的货船在等待靠岸。

相对西区货港的繁忙，东区的客港寂静了许多。驱车来到距离同江市区 30 公里的哈鱼岛，走进联检大楼，只见十几名俄罗斯人在等待过关，身边照例是大包小裹。一位海关人员告诉我，他们过来旅游和购物。“那，咱们这边出关的人多吗？”我问。“旅游的不多，主要是劳务人员——打工的，种地的。游客一般不从这儿出境，因为对面不是很繁华，最近的城市下列宁斯阔耶离这里 30 多公里，到犹太自治州首府比罗比詹市要 130 公里。”海关人员说。

客港除了办理人员进出关外，也有少量的货运。联检大楼东侧，几辆大货车在等待出关。一位年轻司机说，他们要过去运黄豆。“老毛子的东西不上化肥，纯绿色，无污染，受欢迎。”接着，他又抱怨说，眼下的运输方式很麻烦，他们的车子过了关之后，要先驶上船，再下船装货。“等大桥建成，运输就方便了。”说到这儿，他冲我咧了咧嘴。

司机说的大桥，指的是中俄铁路界河桥。两年前，中俄双方签署协议，准备建设跨江铁路大桥。目前中方主体工程已基本完工，但俄方却迟迟不见动静。我在中俄边界走访过很多口岸，感觉俄罗斯人对与中国开展贸易不是很积极，处于被动状态。由于俄方原因，目前黑龙江的15个对俄边境贸易口岸中，有4个处于关闭状态，包括我老家伊春的嘉荫口岸。表面看，俄罗斯人注重保护生态，但深层看，也有防止同化和享受思想在起作用。

在哈巴罗夫斯克，一位当地华人告诉我，俄罗斯人吃的水果都是从欧洲和日本高价进口的。宁愿大片土地荒芜，也不去开垦种植，俄罗斯人的观念与我们正好相反。

八岔，赫哲人撒开千张网

“赫哲人撒开千张网，船儿满江鱼满舱……”走进八岔赫哲族乡，悠扬的《乌苏里船歌》不时飘入耳中。

在八岔，我遇到了老冯。虽为汉人，但老冯却偏爱赫哲族文化，不久前投资成立了赫哲部落旅游产业文化公司，着力开发八岔岛，目标是将其打造成一个展示赫哲族渔猎文化的休闲基地。

八岔赫哲族乡乌日贡广场

说起八岔岛，年纪大一点的人都不陌生。1969 年 7 月，一艘苏联巡逻船侵入中方八岔岛水域，被知青民兵击沉，史称“八岔岛事件”。这场冲突的激烈程度不如珍宝岛，但却使这个原本无名的小岛出现在世人面前。

八岔岛由十多个岛屿组成，岛上生态原始，湿地遍布，动植物繁多，四周水域辽阔。中苏关系紧张时期，八岔岛一直作为边境地区管理。如今到了和平年代，这块岛屿成为国家级自然保护区和极具潜力的旅游景点，这是当初谁都想不到的。

在老冯的引领下，我们的快艇驶离江岸，风驰电掣般朝八岔岛驶去。太阳渐渐西沉，阳光透过厚厚的云层，斜照在江面上，泛起金黄色的波光。期待能够看到渔船，感受一下渔民撒网捕鱼的场景。老冯说，这要看运气如何，今天的天气不是很好，能否看见不好说。

话音儿刚出口，还没等落到水面上，就听有人喊："渔船！"抬眼望去，远处江面上，一艘渔船正朝我们驶来。原来，这艘渔船是要过来收网。

一对赫哲族夫妇在江面上收渔网

这是一艘铁皮渔船，又叫机动丝挂子船，由柴油机驱动。男人站在船头收网，女人坐在船尾持舵。夫妇二人的身影映在水面上，随着波浪一起微微漾动。船在江上，人在画中。渔民熟练地两手倒换着，将由尼龙胶丝线织成的渔网一把一把收到船上。他在收网的同时，细心观察渔网是否有损坏，一旦发现网上有树枝水草，就会小心翼翼摘下，丢回江中。

渔网少说也有几百米长，收网过程前后用了十多分钟。遗憾的是，自始至终，渔民的网上没见到一条鱼。“几天前刚刚涨过水，鱼都潜伏在水底下，不肯出来。”渔民一边收网，一边对我们说。渔民说这话时，显得十分坦然，似乎在告诉我们，没什么大惊小怪的。是啊，有得有失，有丰有欠，自然规律，概莫能外。

老冯开发的地块是八岔岛屿中的一部分，称二道江滩。这里原本是个打鱼点，三五户人家，六七条船。岸上，一面蓝色的旗子高高飘扬，在为过往渔船指引航向。旗子上面写着“赫哲部落”。老冯说，这是他们的岛旗。岛上，有渔民在晾晒渔网，有民工在修房建屋，见到我们，热情相迎，憨厚有加。

按照老冯的设想，这个基地建成后，游人上岛可以住进地窨子旅馆。夏天随赫哲渔民到江上撒网捕鱼，傍晚时分围着篝火烤塔拉哈；冬天，可以在封冻的江面上坐狗拉爬犁，随赫哲渔民冬捕。冬捕，就是用铁质冰穿在江面上凿出冰眼，捞出冰块，然后把渔网放下去。与夏天的撒网捕鱼相比，冬捕完全是另一种风情。

赫哲人吃鱼很有讲究。烤塔拉哈，就是将鱼肉切成块，连同鱼皮一同放在火上烤，待半生不熟后取出，沾上调料食用。晚饭时，看到女老板端上桌来的一盘烤塔拉哈，大家有些犹豫。女老板笑着说："尽管吃，这些鱼都是野生的，刚刚捞上来，没有污染，不会吃坏肚子的。"我出门一向注意保护肠胃，不敢胡乱吃东西，听老板这么一说，还是忍不住尝了一块，感觉味道确实鲜美。

《山海经》中称，大荒之外有个"衣鱼"部落。专家考证，这个部落就是生活在黑龙江畔的赫哲族。穿鱼皮衣服，乍听起来有些不可思议。在八岔乡赫哲族伊玛堪传习所，一个充当讲解员的女学生指着一件鱼皮衣服对我们说，这种衣服穿起来很舒服，因为鱼皮要经过晾干去鳞、反复捶打，也就是熟皮鞣制的过程。熟好的鱼皮不仅柔软，而且没有鱼腥味。除衣料外，衣服的扣子是用鱼骨磨制的，缝线是用鱼皮拉制成的。

除衣服外，赫哲人还用鱼皮制作挎包、烟袋包等日常用品，上面绣有花鸟鱼虫，精美异常。赫哲人习惯在腰带、袜子和头巾上装饰一些动物图案，如蟾蜍和蛇。

他们相信，一旦生病或者面临危难，通过臆想就可以驱走妖魔鬼怪，消灾解祸。

鱼皮衣服制作工艺复杂。一件女式上衣和一条裤子要50多条鱼，一件男式上衣和一条裤子要120多条鱼，即使一个人每天专心缝制，也需要两个月的时间。“现在会做鱼皮衣服的人已经不多了，也没有人穿这种衣服了，制作出来主要作为工艺品展示。”女学生对我们说。

用鱼皮制作的烟袋包

随着时代的变迁，赫哲人生活的方方面面都在起变化，他们与汉族人已经深度融合。来到赫哲族82岁老人尤桂兰家，庭院一侧种满鲜花和蔬菜，二层房屋与汉族人家的房屋几乎完全相同。如果不是门廊上的那个赫哲族标

赫哲族标志

志，看不出这是赫哲族人家。

“赫哲人现在不光打鱼，也开始种庄稼、做生意了。”尤桂兰老人的儿媳妇尹春霞对我说。

东方第一缕阳光

户外人有一个追求，这就是挑战极点。

七加二，说的是世界七大洲的最高峰，加上南极和北极；神州四极，说的是中国版图上的四个极点：东极——黑龙江与乌苏里江交汇处；西极——帕米尔高原；南极——曾母暗沙；北极——黑龙江源头处。七加二，我无缘挑战。神州四极中，我到过西极和北极，南极暂时不具备去的条件，余下来的就是这次的东极了。

黑龙江是幸运的，也是值得骄傲的。因为神州四个极点中，有两个在其境内，即东极抚远和北极漠河。

东极的准确位置在抚远市乌苏镇，属于东九区，其地理坐标是东经 135°5′，这里是我国能够看到东方第一缕阳光的地方。乌苏镇东隔乌苏里江与俄罗斯的卡杂克维茨沃镇相望，北隔抚远水道与黑瞎子岛相邻。几年前，当地在乌苏镇建起一座地理标志——太阳广场。广场上竖有一个由不锈钢制作的华夏东极雕塑，高 39 米，从四面看都是个繁体的东字。上面一个圆球代表着冉冉升起的太阳。这个雕塑就是中国的东极标志。

乌苏镇说是一个镇，实际上是一个小小的渔村，常住村民只有一户。一条土路绕江边而行，不见车马，没有行人。但它却是迎接东方第一缕阳光的地方。《远方的家—边疆行》节目组曾采访过乌苏镇的“东方第一哨”。哨兵说，这里夏天 2 时 13 分就能见到太阳。

我在抚远镇上住过几天，每天早上睁开眼，天都是亮的。这让我想起此前去过的喀什，10 月底早上 10 时天才亮。中国西极位于东五区，最西端的地理坐标是东经 73° 40′，与东极抚远相差 62°，按照 15° 一个时区划分，横跨 5 个时区。在统一使用东八区北京时间的

乌苏镇哨所，东方第一哨

情况下，东西部时差明显是必然的。

追溯历史，1929 年中东路事件以前，中国的东极应当在黑瞎子岛上，也就是黑龙江与乌苏里江交汇的尖嘴处。再往前追溯，1860 年中俄《北京条约》签订之前，中国的东极应当在黑龙江的入海口，也就是现在的俄罗斯尼古拉耶夫斯克（庙街）。

远的不说，单说黑瞎子岛。1929 年，张学良的东北军在蒋介石国民政府的支持下，意欲收回中东铁路路权。张学良先是命令哈尔滨特区长官张景惠搜查苏联驻哈尔滨领事馆，扣押领事及相关人员，随后以武力接管中东铁路沿线设施，驱逐苏联侨民。苏联对此反应强烈，迅即派出军队，从满洲里、同江、绥芬河一线突破中苏边境，向东北军发动进攻。在苏军的作战飞机和坦克面前，张学良的江防部队全线溃退，镇守乌苏镇的 100 多名东北军官兵全部牺牲。这就是史称的“中东路事件”。

经过谈判，张学良被迫同意恢复苏联在中东铁路的一切权利。苏军从东北地区撤出，但没有交出双方交战时占据的黑瞎子岛。1934 年，苏联将住在岛上的中国居民驱赶到抚远，由此造成黑瞎子岛为苏联占有的既成事实。中苏交恶后，苏联大规模往岛上移民，建立军用和民用设施。我在乘船环绕黑瞎子岛时，看到俄罗斯人在岛上建有东正教堂，外形类似哈巴罗夫斯克的那座金顶教堂，只是规模小了点。

苏联和后来的俄罗斯之所以迟迟不愿意归还黑瞎子岛，主要是看中了它的战略地位。黑瞎子岛地处黑龙江和乌苏里江的交汇处，紧邻俄罗斯远东重镇哈巴罗夫斯克（伯力），扼守两江通航咽喉。

黑龙江上岛屿众多，大大小小有 1000 多个，是中国岛屿最多的河流。而黑瞎子岛则是黑龙江上的第一大岛，由银龙岛、北代岛、明月岛等 93 个岛屿和沙洲组成，面积 335 平方公里，相当于 500 个珍宝岛，与长江口的崇明岛相当。

此前，我登过黑龙江上的古城岛和太平岛。无论从面积和地理位置来说，这两个岛都无法与黑瞎子岛相比。

经过一波三折的艰苦谈判，俄罗斯终于同意将黑瞎子岛的一半归还中国。2008 年 10 月 14 日，中俄两国举行国界东段界桩揭幕仪式，地点在黑瞎子岛 259 号界碑旁。2011 年 7 月，黑瞎子岛开放旅游，长期的禁区终于揭开了它的神秘面纱。

回归中国的部分是黑瞎子岛的西部，东部仍然归属俄罗斯。从地图上看，仿佛一个鸡冠被削去了一半。岛上的两国分界线的中国一侧，建有一座东极宝塔，也是

一座观光塔，其经度与乌苏镇的东极标志大致相当。

东北人称黑熊为黑瞎子，由于岛上有黑熊出没，所以就有了黑瞎子岛之称。黑瞎子岛由黑龙江和乌苏里江冲积而成，因而也称抚远三角洲。岛上除黑熊外，还栖息着其他野生动物，附近水域中生活着大马哈鱼和鲟鳇鱼等多种鱼类。

岛上地势平坦，沼泽遍布，植物繁茂。走在长长的木栈道上，满眼都是原生态的湿地景观。刚刚下过一场小雨，空气中散发出阵阵草木清香。让我们没有想到的是，这里居然还生长着荷花。导游说，在北纬 40°的高寒地区看到荷花，很不容易。

如今的黑瞎子岛，不光是一个地理标志，已经升格为国家级湿地公园。根据中俄双方开发计划，未来的黑瞎子岛将被打造成为生态休闲旅游之地。

依力嘎，淡水渔都

抚远原名“依力嘎”，赫哲语的意思是“金色的鱼滩”。它是中国最大的大马哈鱼捕捞基地，黑龙江省 90% 以上的大马哈鱼都产自这里，因此又有“淡水渔都”之称。

清代，抚远的乌苏镇被称为“窝集口”，也就是江鱼集中之地的意思。民国时期，乌苏镇是乌苏里江流域三大商埠之一，边境贸易红火。镇上有富源茂、仁中利等九大商号，并设有邮局、警察所和征税所。小镇建筑充满俄式风情。1929 年中东路事件中，乌苏镇遭到苏军炮火袭击，房屋倒塌，居民四散，从此一蹶不振。

新中国成立后，国家在抚远设立大马哈鱼捕捞加工基地。乌苏镇平日里清静孤寂，可一进入秋季鱼汛时期，渔民和鱼贩就会从四面八方赶来，一时间人欢鱼跃，热闹非凡。“到那时候，满江都是鱼，踩着鱼背都能过河。”一位渔民夸张地说。

大马哈鱼江里生，海里长。一到春天，幼鱼会成群结队顺着黑龙江水游入鄂霍次克海，然后绕过库页岛，进入太平洋北部的白令海。大马哈鱼在白令海生活 3~5 年，长大成熟后再成群结队顺着来时的路线，沿黑龙江逆水而上，奋力游回到它们的出生地。雌鱼在产卵后，体力耗尽，几天内就会死亡。

从古至今，大马哈鱼的精神一直为人们所赞美，它们死也要回到故乡，临死前还要完成繁衍后代的任务。令人敬佩的，还有大马哈鱼精准的定位功能，它们能在数年后，凭借自身的“雷达系统”，千里迢迢找到老家。相比之下，人类甘拜下风。

除大马哈鱼外，抚远还盛产鲟鳇鱼。鲟鳇鱼是鲟鱼和鳇鱼两种鱼类的总称，人们常将二者相提并论。看着这些相貌古朴的庞然大物在水中缓慢地游来游去，如同在看一条复活了的古老生物。实际上，它们就是不死的“水中活化石”。与鲟鳇鱼同时代的恐龙早已作古，唯有它还留在地球上，足见其生命力之顽强。

成年鲟鳇鱼的体重可达 1000 公斤，是淡水鱼中体重最大的鱼类，渔民形容“一辆大卡车都装不下”。2007 年 5 月，抚远渔民在夹信子滩地捕到一条达氏鳇，重达 486 公斤，体长 3.8 米。据专家测算，它的年龄为 87 岁。如今它的标本被陈列在抚远鱼展馆大厅里，供人们参观。一位小朋友见到后，惊叫一声：“哇，这么大！

怎么抓上来的啊？”

过去，渔民捕鱼的工具十分简单，乘坐的是“快马子”，用的是木制鱼叉。快马子，赫哲人称“乌没日沉”，即用桦树皮制作的小船。这种船体积很小，只能乘坐一个人，轻便易携。上岸之后，一个人就能扛走。鱼叉由岔柄和鱼绳两部分组成，随时持握手中，准备投出。

赫哲渔民捕鱼，有主动出击法和守株待兔法。前者是指划着小船到江鱼集中处，根据水纹的波状，判断鱼的种类、大小、位置和游向，一旦靠近，瞄准目标，飞叉射出，百发百中。后者是指，割一捆羊草，绑在江沿

黑龙江上打鱼人

的树枝或者木棍上，草尖略微碰着水面，诱使鱼儿前来吃草，一举抓获，赫哲渔民称这种方法为“喂窝子”。

如今，这些传统方法已经不再使用，取而代之的是机动渔船和拉网式捕鱼。我在八岔赫哲族乡看到过这种渔船和渔网，虽然没有领略到“船儿满江鱼满舱”的场景，但也在夕阳西下时分在江面上近距离目睹了渔民收网的全过程。

鲟鳇鱼和大马哈鱼的卵营养丰富，富含蛋白质、脂肪和维生素，七粒即相当于一个鸡蛋。鱼卵做成鱼子酱后是餐桌上的美味佳品，尤为俄罗斯人所喜爱，是抚远的出口创汇产品。鱼子有黑色和红色之分，黑鱼子产自鲟鳇鱼，红鱼子产自大马哈鱼。相比之下，黑鱼子比红鱼子更名贵。但不管哪种，看上去都晶莹透亮，犹如珍珠一般。

我第一次吃鱼子酱是在哈尔滨中央大街上的华梅西餐厅，这家餐厅专门经营俄罗斯大餐，远近闻名。后来去俄罗斯旅游时又几次品尝过鱼子酱。刚一开始觉得有些腥味，不好接受。可按照俄罗斯人的习惯，配以列巴（面包）和酸黄瓜，腥味就消除了一大半。

随着近年来的过度捕捞，鲟鳇鱼的数量急剧下降。当地渔民说，过去他们出去一天能打到五六条鲟鳇鱼，现在出去一天连一条鱼都打不到。1998 年，《联合国华盛顿公约》将野生鲟鳇鱼认定为濒危物种。鲟鳇鱼会不会遭到与恐龙一样的命运呢？抚远人对此忧心如焚。

在抚远鲟鳇鱼繁育基地，我遇到一群脚穿雨靴、身系围裙的渔家女。她们围坐在鱼池旁，专心致志地分拣鱼苗，对我们的到来无暇顾及。“这些鱼秧子成熟后要放流到黑龙江和乌苏里江中。现在没有别的办法，只有靠人工繁育。”一位管理员说。

被遗忘的东北亚丝绸之路

抚远有一处全国重点文物保护单位，少有人知。但它在历史上却举足轻重，赫赫有名。它就是东北亚丝绸之路上的重镇——莽吉塔古城。

西汉时期，有张骞两次出使西域，开辟了通往中亚、西亚和欧洲的陆上丝绸之路；明代，有郑和七下西洋，开辟了通往印度洋和非洲东海岸的海上丝绸之路。但很多人不知道，与郑和同时期，还有一位名叫亦失哈的朝廷命官，开辟了一条通往库页岛和北海道的东北亚丝绸之路。

朱棣登基后，在经营南洋的同时，把目光投向了偏远的东北。永乐七年（1409 年），明成祖朱棣下令在东北地区筑驿道，设驿站（即海西东水陆城站）。驿站沿松花江和黑龙江一字排开，南起松花江支流拉林河畔的底失卜站（今双城市境内），北止黑龙江入海口处的满泾站（今俄罗斯特林）。在 2500 公里长的驿道上，共分布有 45 站。每隔几站还要设立一城，共 10 城。其中抚远有一站，称药乞站，位置在黑瞎子岛上。抚远还有一城，即前面提到的莽吉塔古城。

两年后，在松花江上游一个叫阿什哈达的码头，25 艘木船扬帆起航，沿松花江和黑龙江顺流而下。船上满载丝绸、布帛、粮食和器具，随船官兵 1000 多人。率领这只船队的是朝廷命官亦失哈。亦失哈是海西女真人，年少入宫，因聪明伶俐，得到赏识，步步高升。

阿什哈达即今天的吉林市，是明朝时期北方造船厂所在地。我曾寻访过这处遗址，在江边见到两块摩崖石

阿什哈达船厂旧址，今吉林市松花江边

刻，上面的文字表明，这里就是当年辽东都指挥使刘清领兵造船的地方。

亦失哈船队的目的地是黑龙江入海口，任务是奉旨设立明朝最北部的官府——奴儿干都司，管辖黑龙江、精奇里江、乌苏里江、松花江流域及库页岛。身为女真人的亦失哈心里明白，塞北蛮荒，路途凶险，人悍好斗，前程难料。但出人预料的是，他的旅程非常顺利，几乎没有遭遇任何抵抗。显然，那些土著人是第一次见到这样浩大的阵势，自然恭敬有加。比起 1500 年前张骞出使西域时在河西走廊被匈奴人扣留，时间长达十年之久，亦失哈一行要幸运得多。

抵达奴儿干后，亦失哈以“柔化斯民，宣示国威”的姿态，召见当地土著首领和居民，“赐男妇以衣服、器用，给以谷米，宴以酒食”，受到欢迎。此行使亦失哈开阔了眼界，也增加了他控制该地区的信心。

次年春，亦失哈第二次巡视奴儿干。这一次，他带来一批工匠，在奴儿干建起一座寺庙，起名永宁寺，祈愿该地区永久安宁。他还渡过鞑靼海峡，登上库页岛，宣示朝廷对当地苦夷首领及居民的关怀。

1432 年，亦失哈第十次也是最后一次前往奴儿干。与第一次出行相比，亦失哈的船队要排场得多——大船 50 艘，官兵 2000 人，均翻了一番。一路上旌旗招展，浩浩荡荡，皇家气派尽显无余。

在奴儿干，亦失哈发现永宁寺被吉列迷人毁坏，现场一片狼藉。亦失哈以宽容的姿态，对肇事者进行安抚，随后对寺庙进行重建。当地民众感恩不尽，顿首叩谢，表示永远臣服。两次修建永宁寺均立有石碑，这是中国对该地区行使主权的证据。也许后来的俄国人对此忌讳，将石碑挪到了海参崴。清代地理学者曹廷杰曾专程前往黑龙江入海口处考察，拓下两块石碑的碑文，为后人研究这段历史提供了重要参考。

亦失哈的柔化政策深得人心，在他的影响和劝说下，海西、建州、野人女真首领纷纷归附。他们携带毛皮和人参，沿着亦失哈开辟的路线，前往中原纳贡。由于朝廷采取了赏大于贡的政策，并允许朝贡者在京师从事贸易活动，使朝贡者尝到了甜头。一时间，由白山黑水至中原大地的道路上，“借贡兴贩”者络绎不绝，贡道变成了商道。

清代，东北亚丝绸之路进一步延展，方式变成了“贡貂赏乌绫”，即朝贡者向清政府贡献貂皮等土特产，获得乌绫赏赐。乌绫是满语“财帛”的意思。每年春暖花开，江面通航之际，黑龙江中下游 50 多个部族的朝贡者便纷纷驾驶木船，来到三姓副都统衙门，贡上貂皮，获得乌绫。冬天，则有马拉雪橇和狗拉爬犁奔跑于江面之上，人欢马跃，一片繁忙景象。

三姓副都统衙门的住所在今天的依兰。在依兰历史文化广场，我看到当地文物部门将历代官府大印造型一一排列在长廊前面，颇有创意，遂将其中的“三姓副都统之印”拍了下来。

来自中国内地的丝绸通过“山丹贸易”又辗转流传到了日本。“山丹”是北海道人对黑龙江下游少数民族的称谓。北海道人通过以物易物获得中国丝绸，然后将其运往日本本州。过去，日本称北海道人为虾夷人（阿依努人），由此，中国丝绸到本州后，有了一个怪异的名字——虾夷锦。吉林省社科院学者杨旸曾在北海道的一家博物馆发现一幅丝绸织物，上书：“苏州织造臣曹寅”。曹寅是《红楼梦》作者曹雪芹的爷爷。这一事实说明，东北亚丝绸之路源远流长。

贡貂赏乌绫和山丹贸易连接起一条“东北亚陆海丝绸之路”。这条道路的大致路线是：北京—辽河流域—

松花江流域—黑龙江流域—库页岛—北海道—本州。这种贸易活动一直到持续到 19 世纪中俄《北京条约》签订。

珍宝岛，久远的记忆

全民皆兵

珍宝岛，乌苏里江上一个面积不到 0.7 平方公里的小岛。它的出名源于 46 年前发生的那场“对苏自卫反击战”。据不久前看到的一份解密文件，珍宝岛武装冲突险些引发一场核战争。

对经历过那个年代的人来说，来珍宝岛是为了观光，更是为了寻找一份童年的记忆。

珍宝岛之战发生时，我刚上小学。在那个特殊年代，这个事件被染上了浓厚的政治色彩，大张旗鼓地宣扬。

由于地处中苏边境，我老家自然成了对敌斗争的前线。在我的记忆中，那时候全民皆兵，处处敌情，每个人对敌斗争的弦都绷得紧紧的。

学校里的课程充满了火药味。政治课讲提高对敌斗争意识，谴责苏修的侵略行径。语文课讲孙玉国、华玉杰、冷鹏飞、于庆阳、杨林等战斗英雄的事迹，课下传看小人书。最有意思的是俄语课，学的单词和句子都是：站住！口令？哪部分的？举起手来，缴枪不杀！体育课更不用说，每人一杆用木棍做的长枪，请来一位复员军人，教一对一的刺杀动作。“突刺，刺，杀！”每天喊得地动山摇，吓得连老鼠都不敢出洞。

对小孩子们来说，最感兴趣的莫过于击毙“瘸子上尉”的故事。瘸子上尉本名伊万•斯特列利尼科夫，原本为苏军伊曼边防总队的一名中尉。伊万人高马大、生性好斗，由于在中苏边境冲突中十分卖力，被任命为边防哨长，由中尉提拔为上尉。在一次冲突中，伊万被我军边防战士打伤了腿，由此有了“瘸子上尉”的称呼。记得我们学校有一个学生有些跛脚，同学们就拿他开玩笑，称他是“瘸子上尉”。

伊万伤好后，不但没有任何收敛，反而变本加厉。一天上午，他率领手下士兵，大摇大摆登上珍宝岛，伺机挑衅。我军边防战士早就对其恨之入骨，冲突中将其击毙。一时间，人们拍手称快。

每逢周末，老师就带领我们这些尚不懂事的小毛孩子备战备荒：掘地道、挖防空洞、军训、拉练……就连做游戏都离不开抓苏修特务。小孩子们一见到外来人就觉得可疑，争先恐后上去盘查。令我们失望的是，劲没少费，可一个特务都没抓到，假的倒是抓了不少——都是班上的同学扮演的。

如今的珍宝岛什么样？还能看到昔日战争的痕迹吗？带着童年的记忆，一个金秋时节，我们踏上了寻访珍宝岛之路。

一票难求

乌苏里江位于中国公鸡形版图的最东端，相当于公鸡脑门的位置。这里日出时间比北京整整早一个小时，凌晨不到 5 点，东方就现出了鱼肚白。在虎林县城匆匆吃过早饭，一行三人乘车出发，向珍宝岛方向驶去。

9 月下旬的三江平原，稻穗泛黄。微风吹过，稻浪翻滚。过了虎头镇，路面由柏油变成了水泥。这应当就是当年的战备路。想当年，这条路上的军车一定是络绎不绝的，路边停放的一定是一排排的坦克和火炮，一定有大批军人在这里驻扎，空气中一定弥漫着浓浓的火药味。而现在，寂静的树林间，只有我们这一辆小车在江岸曲曲弯弯的水泥路上疾驶。

江边的树木以白桦树和杨树为主，间有一些不知名的细小杂木，针叶林和阔叶林混交。也许是离水近，温度低、湿度大的缘故，树叶早早开始变色，颜色丰富多彩。车子穿行在白、红、黄、绿交织的五彩缤纷世界里，让人心情格外舒畅。

三转两转，眼前豁然开朗，一条深沉的大江横陈在我们面前，这就是中俄界江乌苏里江。江中，坐落着一个小岛，这就是珍宝岛。小岛距江岸不过 100 多米，站在岸边望过去，营房门口一杆红旗高高飘扬，围墙上的“提高警惕保卫祖国”标语赫然入目。

远望珍宝岛

见到这个场景，恨不得马上登岛。谁承想，事与愿违。一个渔民说，以前上岛很容易，但前一阵子一个日本人偷偷溜进了军事禁区，引起部队警觉，打那以后就不能随意上岛了。要想上去，必须通过正规途径，事先与守岛部队联系，获得许可才行。

我在这头，珍宝岛在那头，只隔一湾浅浅的江水，可就是没有那枚“窄窄的船票”，急煞人也。情急之下，掏出手机，向哈尔滨一位同学求助。我这位同学在省里工作，职位不高，但关系不少，门宽路广，又古道热肠，一听说我被困在江边，急得不行，马上安抚：“别着急，等我电话。”这部队上的事儿也能搞定？我心里有些狐疑。

天气微凉，阳光和煦。趁这工夫，伸个懒腰，享受一下秋日的阳光，把小岛往镜头里拉一拉。就在这时，从赫哲渔村饭馆走出一位中年妇女，说：上岛不好联系，不如坐汽艇绕岛跑一圈。这个主意不错，可一问船老大，包一条船要 300 元，实在有点离谱。踌躇中，过来几位游人，他们从北京一路自驾过来，商量一下，决定实行 AA 制，8 个人，每人不到 40 元，还算划得来。

船老大是个中年汉子，嘴唇上蓄着两撇黑黑的胡须，时不时吆喝几声，显然是个老渔民。可能看我们是城里来的，不显示一下驾驶技术说不过去，这船老大把个汽艇开得飞快，到了拐弯处也不减速，任凭船儿上下颠簸，左右摇晃，浪花飞溅，还不住冲几位女士开玩笑：“坐稳了啊，这江里的大马哈鱼可凶着呢……”在众人的央求下，船老大总算在进入主航道后把船停了下来，让大家拍照。

看着缓缓流淌的江水，有人哼起了《乌苏里船歌》：“乌苏里江水长又长，蓝蓝的江水起波浪，赫哲人撒开千张网，船儿满江鱼满舱……”乌苏里江被联合国环保组织认定为“没有污染的江”。不过，眼前的江水看起来有些浑浊，让人联想起长江和黄河。船老大说，这是因为刚刚下过雨，平时江水要比这个蓝。

珍宝岛是个椭圆形的岛屿，用“袖珍”两个字形容恰如其分。从内航道码头出发，顺时针驶入主航道，再回到出发点，中间稍作停留，绕岛一周仅用了 16 分钟。正要上岸，忽听“叮铃铃，叮铃铃……”手机铃声大作，传来喜讯：“船票”搞定，可以上岛。

天堑瞬间变通途，真有些大喜过望。不愧是“社交家”，这么快就打通了一个看似不可能逾越的关口。

岛上漫步

一艘镶有茶色玻璃的快艇瞬间把我们接到了岛上，一位年轻的小战士在岸上迎候我们。小战士对岛上的情况熟悉得不得了，边走边讲边答疑，很是专业。如果脱下军装，说他是个景点讲解员，没人不信。

小战士说，珍宝岛原来和陆地连在一起。在江水冲刷下，慢慢形成一个岛屿。40 多年前的那场战斗发生在隆冬时节，冰面厚实，苏军坦克越过主航道，开到岛上。一辆 T-62 坦克横冲直撞，进入内河道，被我军击中，后沉入江底。经全力打捞上来，运到北京，成为一件有价值的战利品。今天去军事博物馆参观，还可以看到这辆坦克。

漫步岛上，当年战斗留下的遗迹和随后修建的工事随处可见——猫耳洞、战壕、掩体、碉堡……小战士说，在岛上不能随便乱走，因为不知道什么地方有地雷。“为什么不排除呢？”我有些不解。“地雷有些是苏方埋设的，有些是我方埋设的，情况不清，人工排除有难度，更有危险。以前曾试图排除，结果发生了伤亡事件。如

岛上残留的碉堡

果采取爆破方法，动静大，又破坏环境。雷区现已封闭，任何人都不能靠近。”小战士回答。

说到珍宝岛上的地雷，司机老张给我们讲了一个故事：他几年前曾遇到一群参加过珍宝岛战役的老兵，他们对那场战事记忆深刻。老兵们说，最让他们刻骨铭心的是，每次排雷时，班长和老兵都把新兵推在身后，理由很简单：老子比你们多吃了几年咸盐，你们还是娃娃，还不知道女人是啥滋味……每当听到前方地雷轰响，看到战友倒在血泊中时，他们都忍不住放声痛哭。这种生死之交是任凭什么都换不来的。

走过一座小桥，迎面有一棵老榆树，树干干枯，枝叶萎缩。当年，十大战斗英雄之一的杨林就牺牲在这棵榆树下。至今，这棵“英雄树”的树干上仍然可见当年留下的弹痕，如同一个个伤疤。珍宝岛十大战斗英雄的故事我小时候耳熟能详，没想到 40 多年后来到了他们战斗的地方。回首往事，有时空穿越之感。

驻岛官兵的生活条件是大家关心的话题。小战士说，1969 年两国军队交火前，岛上没有驻军，夏天有少量渔民，边防军每天上岛巡逻，战役结束后，我军上岛常驻。他来岛上已经 4 年，这里就是他们的家。

边走边聊中，小战士带我们看了岛上历代官兵修筑的营房：第一代营房用石头垒成，异常简陋，墙壁上留有战争年代的印记：“人不犯我我不犯人，人若犯我我必犯人”“永保边疆，解放人类”；第二代营房有两层，钢筋水泥土结构，居住和作战一体，看上去像个碉堡；第三代和第四代营房建在一起，是一栋两层的砖混结构楼房，现已被改建为“珍宝岛纪念馆”；官兵们现在居住的是第五代营房，为一栋砖混结构的三层建筑，外墙上的“珍宝岛哨所”5个大字格外醒目。

一条小黄狗四肢伸展，横卧在通往哨所的石板路上，见有人过来，先是爬起来晃晃尾巴，叫了几声。见我们没有侵犯它的意思，又懒洋洋地倒在地上，继续晒它的太阳。哨所门口无人站岗，房门半敞着，我蹑手蹑脚走进去，发现里面条件很好，干净整洁，井然有序，如同挂星宾馆。想上楼看看，结果被一个身挂白围裙，正在做饭的小战士给挡了回来。

给我们当“讲解员”的小战士来自河北，毕业于石家庄一所军校。他说，这里虽然荒僻，但空气清新，每天都是蓝天白云。现在岛上条件不断改善，什么都不缺。他指着旁边的一座风车说，这是岛上最早的发电设施，后来改成了太阳能发电。现在岛上已经与陆地电缆相连，用电不犯愁。只要有了电，什么都好办。

沿环岛路漫步，满眼荒草树木。我猜想，那里面一定是雷区，否则战士们不会让它荒芜，一定会在这里种

珍宝岛一角

菜养花的。向江对岸眺望，俄罗斯边境见不到房屋建筑，树木明显比中方高大茂密。

“对岸是俄罗斯伊曼市，远东军事基地，那里地广人稀，自然生态好。俄罗斯那边鱼多，这边渔民有时会偷偷越过主航道，过去捕鱼，一旦被巡逻艇抓住，就会被遣送过来。”小战士说。

俄罗斯远东资源丰富，生态环境好。我一年前去海参崴时，从绥芬河出境，在俄罗斯边境口岸波格拉尼奇内由火车换乘汽车，前往海参崴。一路上林木茂盛，几乎见不到一块庄稼地。路边有人在卖蜂蜜。导游说，这里的蜂蜜味道纯正，无污染，她每次来都要买上几罐。国内虽然也能买到俄罗斯蜂蜜，但真假难辨。

回到虎头镇，走进一家鱼馆。老板五十开外，风趣健谈。他对多年前发生的那场战事只字不提，满口都是虎头要塞、关帝庙、三花五罗十八子，似乎这里什么都没发生过，这里只是乌苏里江畔一个极普通的小镇。

战争的硝烟早已远去，毕竟时光过去快半个世纪了。

兴凯湖畔

远古文明之光

终于站在了兴凯湖畔。

还是30多年前在哈尔滨读大学时，班上有一群来自上海的知青。从他们叽叽喳喳的交谈中，经常会蹦出“密山”“八一农大”和“兴凯湖农场”几个词。想象中，兴凯湖是个遥远而又荒僻的去处，要不咋会让这些皮白肉嫩的城里人去那儿“接受再教育”呢？早他们10年，那几个大名鼎鼎的文化人——丁玲、艾青、聂绀弩、丁聪、吴祖光不也是在那里接受的“劳动改造”吗？

想象归想象，兴凯湖有苦寒，也有诗意。在赫哲语中，“兴凯”的意思是水从高处往低处流；在满语中，“兴凯”的意思是水耗子。从名字的来历不难看出兴凯湖的原生态特点。历史上，兴凯湖曾有一个很好听的名字——北琴海，因地处“胡天北地”，形状又极像古典弹拨乐器月琴而得名。在我看来，这个名字的诗意不亚于希腊半岛旁边那个充满浪漫情调的爱琴海，就不知为什么这个名字没有流传下来。

湿润滋生万物，湿润孕育文明。考古证明，6000多年前的新石器时期，兴凯湖畔是肃慎人的领地。肃慎是满族和女真人的祖先，也是北方最早的先民。他们在辽阔无边的兴凯湖上捕鱼，在湖畔茂密的原始森林中打猎，在沃野千里的黑土地上耕作，创造了北方早期的农耕渔猎文明。

兴凯湖畔肃慎人

在草木繁盛的湖岗上行走，抬眼间，一个高大威猛的汉子出现在面前。定神一看，原来是一尊雕像。根据行前的功课判断，这里应当是新开流文化遗址。

果不其然，移步细看，雕像的基座上写着“大湖文明之光·肃慎人”。肃慎汉子持长矛，肩负鱼鹰，腰系猎物，目光炯炯，神情勇武。不难想象，那时候的兴凯湖畔就是北方的“鱼米之乡”，肃慎先民们过的是“棒打狍子瓢舀鱼，野鸡飞到饭锅里”的生活。

论面积，兴凯湖仅次于青海湖。但与青海湖不同的是，兴凯湖是个界湖，横跨中国和俄罗斯，其中三分之二归俄罗斯，三分之一归中国。

历史上，整个兴凯湖都归属中国。清朝初年，满人倾巢入关，关内的汉人又被禁止出关。作为“龙脉之地”，兴凯湖一带被封禁起来，长达 200 余年。这就给一向窥视邻国土地的北极熊以可乘之机。第二次鸦片战争期间，沙皇俄国迫使清政府签订了《北京条约》，将兴凯湖自松阿察河口至白棱河口以南的大片水域割让给了俄国。一片完整的水域被切了西瓜，兴凯湖由内湖变成了界湖。

我曾利用一天时间，乘越野车绕青海湖一周，沿途停留日月山、倒淌河、二郎剑、黑马河、鸟岛、金银滩原子城，全程下来接近 400 公里。青海湖位于青藏高原，海拔 3200 米。兴凯湖位于三江平原，几乎没有海拔。如果能够绕湖一周，该是另一种风光，另一种风情。可眼下，这只能是一种幻想。

一岗两湖

兴凯湖有大小之分。在月琴形的湖面顶部，有一道东西走向、宽数十米、长 90 公里的“湖岗”。湖岗笔直，如同人工筑坝，将湖面分为两部分，湖岗以北为小兴凯湖，湖岗以南为大兴凯湖。从高空看，长长的湖岗犹如一条飘带遗落在浩瀚的水面上。

让人感到神奇的是，一岗之隔，竟然两个世界。登上那座高高的帆船造型观景台，可见大兴凯湖波涛拍岸，横无际涯，大气磅礴。湖畔沙滩片片，恍惚中，以为是来到了海边；小兴凯湖则湖面波澜不兴，帆影点点，温柔恬静，湖畔沼泽密布，水草丛生。

温柔恬静的小兴凯湖

大兴凯湖畔与海滩可有一比——水清沙细，微波荡漾。脱掉鞋子，站在水边，任由浪花阵阵拂来，轻轻拍打脚面，然后率性地在沙滩上走上几个来回，让脚掌脚趾扎扎实实地深入细软的沙粒中，体验肌肤与沙粒摩擦的感觉。这是一种人与大自然的无缝接触，酥酥的，痒痒的，微微有一些刺激，一种足底按摩体验不到的感觉。

同一片湖水，为什么会有如此大的差异？中央电视台《地理·中国》节目组采访过一位学者，他经过实地考察，揭开了这道地理之谜。原来，导致大小兴凯湖景象迥异的原因就在于那道高高的湖岗。它像一道山梁，减弱了东南方向吹过来的太平洋海风。而这道湖岗最初则是一道水下堤坝，由于数万年的湖底水流回旋，淤积而成。随着湖水的退缩，这道堤坝慢慢露出水面，形成了今天的湖岗。

10 集电视纪录片《龙之江》称：“被完达山与乌苏里江环抱的兴凯湖鱼丰水美”，一句话道出了兴凯湖的特征。兴凯湖出产大白鱼，与乌苏里江的大马哈鱼、绥芬河的滩头鱼被并称为“边塞三珍”。在当壁镇湖边的一户渔民家里，我看到了这种体形欣长、色白如银的湖鱼。渔民说，大白鱼在纯净的湖水中长大，以小鱼小虾为食，肉质鲜嫩，外地人来到兴凯湖都要尝一尝。

大白鱼主要产于大兴凯湖，由于过度捕捞，野生的已不多见，主要靠网箱养殖。“现在野生的大白鱼越来越少，有些渔民冒着风险到俄罗斯那边捕捞。旅游旺季时，大白鱼的价格是200元一斤，现在是淡季，但也要120元一斤。”渔民说。

两湖之间的泄洪闸

大兴凯湖产鱼，小兴凯湖产鸟。《中国国家地理》东北专辑有一篇文章《春季到东北来看鸟》，文中提到，塔头甸子遍布的兴凯湖湿地是候鸟迁徙的重要加油站。每年四五月间，来自东南沿海、长江中下游、渤海湾等越冬地的候鸟都要在小兴凯湖畔停歇聚集，最多的时候一天可达17万只之多。那是一个草木竞发、野花开放、鱼跃水面、鸥鸟翔集的场景。如今，人们在小兴凯湖畔建起了观鸟平台，还有深入湿地的栈道和游船，可以近距离与这些珍稀鸟类接触。

在众多的鸟类中，我对丹顶鹤情有独钟。我在松嫩平原看过度夏的丹顶鹤，在江苏盐城看过越冬的丹顶鹤。在千里迢迢的迁徙之路上，兴凯湖是它们的重要驿站，这是我以前不知道的。虽然已近初秋，错过了观鸟的最佳时节，但在湛蓝的天空下，在金黄的芦苇丛中，仍不时有三三两两的水鸟飞过，让人惊喜不已。

北大荒，北大仓

三江平原，沃野千里，“捏把黑土冒油花，插双筷子也发芽”。1954 年，时任铁道兵司令的王震将军到北大荒考察，对一眼望不到边的黑土地赞叹不已。身为湖南人的他抓起一把黑土，攥在手心，舍不得放下。一个大胆的想法在他心中萌生——建立国营农场，开垦北大荒。

在王震将军的指挥下，10 万转业官兵奔赴北大荒，以 8 字开头的农场在完达山下、兴凯湖畔如繁星般布列开来。有人评价，这是堪与苏联开发西伯利亚和美国开发西部相提并论的世界三大移民开发之一。

10 年后，数十万知青唱着“兵团战士胸有朝阳”

来到三江平原，加入农垦大军。他们在黑土地上抛洒汗水，奉献青春，度过如火如荼的年月。我在瑷珲知青博物馆看到，一面面突出的外墙被刷成红色，设计者独具匠心，以此来唤起人们对那个激情迸发年代的回忆。

在兴凯湖畔的当壁镇，有一座建于 1993 年的“北大荒开发建设纪念馆”。广场上立有“王震将军率师开发北大荒纪念碑”，周边由五色土和花岗岩浮雕包围。碑文这样开头：“亘古荒原，渺无人迹，荆棘丛生，走兽之栖。”短短 16 个字，将北大荒的本来面貌展现在人们面前。

正是这种荒芜，给农牧业生产提供了条件。在农垦人“胼手胝足、斗地战天”的努力下，昔日的北大荒变成了今日的北大仓，成为国家最重要的商品粮基地。记得我刚上大学时，听班里一位上海来的知青说，他们每天的工作就是“修理地球”。调侃中带着心酸，个中辛苦，谁人知晓？

农垦人的功绩不应被忘记。东北人有句话：“大米饭，二人转，给个县长都不换。”这里说的大米是本地米，也就是东北大米。这些米多数产在三江平原，出自农垦人之手。

俗话说：“南稻北麦，南船北马”，南方人多种稻米，北方人多种小麦。但到了三江平原，这个经济地理学上的规律就发生了变化。司机老张是本地人，他说，三江平原不缺水，有利稻米生长。相对小麦而言，水稻产量高，所以人们愿意种水稻。

对地道的东北人来说，吃米必须吃本地米。东北大米的特点是一年一季，看上去亮晶晶，吃起来香喷喷。东北人不喜欢吃南方大米，原因是南方的稻米一年两季甚至三季，吃起来没有味道。

广场上有一座“五色土”，由褐色、红色、白色、黑色和黄色土壤组成，象征王震将军曾经生活和战斗过的5个地方。褐色代表湖南，红色代表海南，白色代表新疆，黑色代表北大荒，黄色代表陕北。同时，五色土也蕴意着屯垦戍边人来自五湖四海。

展厅内有一幅画面，一位老太太指着一张纸币说：“一元人民币人物原型是我。”原来，这位老太太是新中国第一位女拖拉机手梁军。1962 年 4 月我国发行的第三套人民币中，一元人民币上的女拖拉机手的原型就是她。

梁军出生在黑龙江省明水县。1948 年，她作为唯一一名女性，参加了省里在北安县举办的拖拉机训练班。两年后，梁军成为女子拖拉机队队长。1959 年 11 月，首批国产“东方红 –54”拖拉机运抵黑龙江，梁军按捺不住激动，跳上一台拖拉机，油门一踩，跑了起来。在场记者及时抢拍，留下一个珍贵的镜头。

2003 年 6 月的一个傍晚，央视节目主持人崔永元的助手打来电话：“梁军阿姨，我们向人民银行查询了，他们说，一元钱上的女拖拉机手就是您，请您到北京来做一期节目。”当年 7 月，由梁军参与录制的《小崔说事·钱啊，钱》在央视播出，女拖拉机手和一元钱的故事在全国传播开来。

屯垦戍边，古已有之。早在西汉时期，张骞凿空西域后，汉武帝就开始在西域“置校尉，屯田渠犁”。1995 年，考古学家在塔克拉玛干沙漠的尼雅遗址出土了一块织锦，上面绣有“五星出东方利中国”字样。据考证，这块织锦就来自在此戍边开荒的中原军队。我在该遗址附近的和田见过这几个字的展示，由此得知了这段历史。汉朝以后，历代都把屯田作为经营西域的重要举措。

新中国成立后，出现了兵团这一特殊形式。成立最早的是新疆生产建设兵团，随后是黑龙江和云南等生产建设兵团。这些屯垦戍边人一手拿镐，一手拿枪，平时为民，战时为兵，对边疆开发、建设和稳固做出了重要贡献。随着局势的变化，兵团建制后来被撤销或者改制。新疆地区由于情况特殊，兵团撤销后不久又重新恢复。我去过 5 次新疆，明显感到兵团在当地地位的特殊和重要。

我在边疆地区行走有一个感觉，这就是边疆的稳固与否与边疆地区是否繁荣有关，而屯垦戍边是边疆繁荣的重要举措。一个典型教训是，满族入关后，为保住“龙兴之地”，修建“柳条边”，阻止汉人出关，结果造成东北地区社会经济萧条，后院空虚。俄国人一次次乘虚而入，清政府直到后期才意识到这一点，但为时已晚。

密山口岸，白棱河桥

在黑龙江省的 15 个对俄边境口岸中，密山口岸排不到前面。无论就规模、过货量和过客量来说，都是如此。但很少有人知道，就在这个看似不起眼的口岸里，却隐藏着一个吉尼斯世界纪录——“世界上最小的界河桥”。这座桥就是白棱河桥。

我寻访过很多陆路边境口岸，看过很多“之最”，但最小的界河桥还是第一次听说。若不是行前看了《远方的家—边疆行》节目，我是不会到兴凯湖后，执意要来密山口岸一窥“最小界河桥”究竟的。

白棱河桥建于1972年，那时珍宝岛战役刚结束不久，中苏两国的关系降到了冰点。两国边防部队会晤需要有一个通道，但这个通道又不宜太宽，所以干脆就在界河上搭了一座简易木桥。不难想象那个时候两国军人站在各自桥头怒目相对、剑拔弩张的场景。

随着苏联的解体和中俄边贸的兴起，两国铸剑为犁，经济交往和人员流动频繁。一座小小的木桥已经不能适应需要，于是由中方出面，于1991年在白棱河上又修建了一座既宽又长的钢筋水泥公路桥。

新公路桥建成后，原来的木桥荒废闲置，静静地卧在几近干枯的白棱河上，陪伴它的是立在桥头的那块312号界碑。但这个既短又窄的小桥没有被人遗忘，在有心人的策划申请下，又一个吉尼斯世界纪录诞生了。

出现在我们面前的白棱河桥小得不能再小——宽不足1米，长不到7米，用“袖珍”二字形容恰如其分。最初的木桥经过修缮，中方一侧改为铁桥，俄方一侧改为石板桥，两桥对接处有一道10厘米的缝隙，标志着两国的界线。如今，中方的那段铁桥仍在，桥头架有栏杆，不能入内。俄方的石板已经掉入河中，白棱河桥成了断桥。看到这里，想起此前在丹东看到的鸭绿江断桥，模样相同，但规模却不可同日而语。

世界上最小的界河桥，被列入吉尼斯世界纪录

密山口岸建在兴凯湖畔的当壁镇，俄方对应的是图里洛格口岸。历史上，当壁镇是中俄民间贸易的重要通道。清咸丰年间，镇上只有一些零散的居民，从事打鱼捞虾活动。1875 年，清政府派兵驻守兴凯湖，与俄国人开展贸易通商活动。

20 世纪初，随着当地人口的增多，中俄边贸日渐兴隆。中方每天有上百辆畜力车和爬犁运来大豆、豆油、白酒等农副产品，与俄方运来的海盐、布匹、煤油、火柴等日用品和农具进行交易。1933 年，日本军队入侵密山，对边境进行封锁，后又以“净化边界”为名，将当壁镇一把火烧光。居民逃离，当壁镇有名无实，双方贸易就此中断。1945 年东北解放后，边贸为国贸代替，进出口货物由绥芬河口岸办理。

改革开放后，八五一〇农场抓住时机，发展旅游业，萧条多年的当壁镇开始喧闹起来。1988 年，国务院正式批准密山市在当壁镇建立对苏一类陆路客货运口岸，1992 年 4 月开始定期开放。同年，农垦总局在当壁镇设立经济合作区，后转为以旅游为特色的开发区。旅游加边贸双概念，使兴凯湖边的当壁镇红火一时。

不巧的是，我们到达的那天下午，正好赶上闭关。国门前冷冷清清，只有少数几个到此观光的游人。国门前建有两座简易木板房，有当地居民在售卖俄罗斯特产。随意走进一家店铺，里面照例是套娃娃、奶粉、巧克力、黑蜂蜜和望远镜之类的小商品。

“最近生意不好，过货和过人都比以前少。口岸不是每天都开。也不知为什么？要是还这样下去，就得收摊了。”女老板忧心忡忡地说。

关东往事

宁古塔

翻开黑龙江地图，可见在镜泊湖之北有一个红色圆点，一旁标着：宁古塔遗址。

黑龙江历来是边远荒凉之地，能在地图上留下一个印痕很不容易。这个地方说来离我老家不远，但小时候没有条件，成年后到外面读书工作，一直没有机会前往。随着年纪的增长，恋乡情结日浓。于是利用一个休假机会，踏上了寻访宁古塔之路。

宁古塔古城在海林市长汀镇，牡丹江的最大支流海浪河边。说远不远，但要找起来可要费点力气。游人多数关心的是雪乡、瀑布、地下森林，有寻幽访古兴趣的人并不多。

发现目标是一种快乐，寻找目标的过程本身也是一种快乐。金秋九月，炎热刚过，寒气未降，阳光暖暖的，照在身上很舒服。道路两边的庄稼已经成熟，正在收割中。一边欣赏沿途风景，一边问路。当地人都说知道这个地方，但具体怎么走却说不清楚。走了几次岔路，总算拐到了古城所在地的村落。村民告诉我们，这个村子就叫古城村。

古城遗址隐没于村旁的菜地里，唯一醒目的是地头的一棵老榆树，下立一块石碑，上面刻着“宁古塔将军驻地旧城遗址”。一位正在地里干活的老乡指了指不远处的一道土堆说，那就是当年的古城墙。

土堆高不到一米，上面长满杂草。如果不说，任谁都猜

不到，这就是当年的城墙。沿田间小路走过去，试图在古城墙附近能够发现一点遗留物，但转了几圈，一无所获。

站在土堆之上，环顾四周，满目荒凉。想当年，宁古塔是东北边陲的一个重镇，一个人马嘈杂的去处。史料记载，宁古塔古城是清代宁古塔将军的治所和驻地，统辖吉林和黑龙江地区。清太祖努尔哈赤于 1616 年建立后金政权时曾在宁古塔驻扎军队。清初，宁古塔与盛京（今沈阳）齐名。那时候，哈尔滨和长春还没有作为城市兴起。乌苏里江和黑龙江两岸的达斡尔、赫哲、锡伯和鄂伦春人每年向朝廷进贡的物品都要先送到宁古塔，然后再经盛京转运到京城。如此说来，宁古塔这个建制比现在的省（市、自治区）还要高，从军事角度说相当于现在的大军区。

想象中，这里会有一座像模像样的古塔。问当地村民，都说从来没听说过这里有什么塔。求助百度，始知宁古塔名字的来历。据《宁古塔记略》记载，清代皇族曾有兄弟六人居住于此，满语称“六”为“宁古”，称“个”为“塔”，故名“宁古塔”。这倒是让我长了见识，纠正了一个想当然的错误。

宁古塔以流放地闻名。满族入关后，对明朝归顺的汉人不放心，动辄便予流放。那时候的宁古塔有点类似俄国的西伯利亚，是一个让人闻之生畏的“苦寒之地”。“将某某某发往宁古塔，永世不得入关……”这是《甄嬛传》中雍正皇帝动怒时的一句经典台词。甄嬛的父亲获罪后就被雍正皇帝革职，流放到了宁古塔。有统计说，清代流放到东北的流人有150万之多，主要集中在宁古塔（今宁安）、卜魁（今齐齐哈尔）、尚阳堡（今开原）和盛京等地。

流放者中，不乏文人雅士，如吴兆骞、张缙彦、杨越、方拱乾等。这些名人的到来给这个地处边陲的荒芜之地带来了清新之风。中原文化与北方文化在此交融，形成了别有特色的宁古塔流人文化。流放者在耕作之余，依然延续着谈学论道、吟诗作赋的遗风，由此诞生了黑龙江历史上的第一个诗社：七子之会。

带着怏怏的心理，回到地头，瞥见石碑上贴着一个纸条，以为是“刻章、办证、发票”之类的小广告。细瞧之下，原来是说，离此不远有个古城藏馆，欢迎参观。于是心中窃喜，赶紧拨过电话，问清路线，驱车前往。

“欢迎，欢迎！藏馆是我开的，不要门票。”一位身着黄军装的老汉站在院落门口，笑容可掬。随老汉步入柴门，打量中，猛然间窜过来一条大黄狗，朝我们狂吠不止。待老汉吆喝住黄狗，走进一间略显昏暗的房间，只见墙角堆满了盆盆罐罐、残砖碎瓦。一个长长的柜子里陈列着器皿和铜钱。墙上的几幅古画颜色暗淡，边角处已经出现斑点。

言谈中得知，老汉是本村村民，没上过几天学，唯一的嗜好就是摆弄古董。他没事就到古城转悠，东寻西觅。别人看着不起眼的东西，在他眼里就是宝贝。“这些都是我从地里捡来的”，老汉指着那些盆盆罐罐说。

说话间，老汉从柜子里拿出一张纸页发黄的《黑龙江日报》。“我的藏馆已经上了报纸，经常有记者来采访，还有专家教授。”老汉喜不自禁。老汉很乐意接待这些人，带他们踏查遗址，给他们讲古城掌故。

“这地方有历史，好东西多着呢，这些年都被人捡走了，再不抢救损失会更多。”老汉望着我们。

看着老汉额头上深深的皱纹，听着他的朴实话语，此时的我只有感动和敬佩。老汉文化不高，家境贫寒，在人心浮躁的当下，有一份自己的坚守，有几个人能做到呢？但愿老汉的文物收藏事业越来越红火，藏馆办得越来越好。

东宁要塞

80 多年前，东宁不过是东北大地上一个寂静萧条的小县城。绥芬河在它的身边静静流过，无人注意它的存在。

突然有一天，这里涌来大批全副武装的日本关东军，沿中苏边境全线布开。随后，又有一批批的劳工在日本兵的押解下进入深山。日本人要干什么？无人知晓。

几年后，当地老百姓才从断断续续透露出来的消息中得知，日本人正在这里修筑军事工事，正式名称是东宁要塞。

“九一八”事变后，日本关东军在中国东北沿边境修筑了 15 处军事要塞，东宁要塞是其中规模最大的一处。东宁北接中东铁路，南临图们江，东距苏联远东最大港口符拉迪沃斯托克（海参崴）200 公里。在日本人眼里，这里进可攻退可守，是与苏联军队对峙的最佳地点。

据后来透露出来的消息，关东军在东宁要塞驻扎的人数，最多时达到 13 万人。而当时，东宁全县的总人口不过 3 万多人。日军部队包括 3 个师团、1 个独立旅、1 个国境守备队，有中将 2 人、少将 11 人。日军兵种齐全，包括步兵、骑兵、炮兵、装甲兵、航空兵、汽车兵、卫生兵等。

要塞规模庞大，正面宽 110 多公里，纵深 50 多公里，北起绥阳镇的阎王殿，南至大肚川镇甘河子。已经查明的地下要塞有 10 处，配套设施包括 10 个飞机场、400 多个永久性工事、45 处野战炮阵地，以及公路和铁路。日本人自诩，东宁要塞是坚不可摧的“东方马其诺防线”。

那个年代，修筑这样一座军事设施，需要投入的时间和人力可想而知。我们现在知道的是，这处要塞的修筑用了 10 年时间，从 1935 年到 1945 年，动用了 17 万中国劳工。这些劳工中有百姓，也有战俘。他们每天在军刀、皮鞭和狼狗的威胁下，从事不堪重负的苦役，大多数人都没能活着出来。

1945 年 8 月 8 日，苏联根据《雅尔塔协定》对日宣战。8 月 9 日零时，苏联红军对东宁要塞发起进攻，打响远东战役第一枪。开战前两天，苏军向要塞群进行了地毯式轰炸，丢下7000吨炸弹。在强大的攻势面前，日军死伤惨重，大部向吉林方向撤退，但仍有一小部分日军困兽犹斗。

8月15日，日本天皇下诏书宣布投降，据守要塞的日军不知道这个消息，仍在负隅顽抗。苏军久攻不下，不得已，用飞机将已经投降的日军军官河野贞夫运来，向固守要塞的日军传达天皇旨意。这时，900多名日军才打着白旗、抬着尸体走出暗堡。这一天是1945年8月28日。

东宁要塞群中，目前只有勋山要塞对外开放。遗址处立有一块低矮的石碑，上面刻有“第二次世界大战最后战场”字样。此前，我去过虎头要塞，那里竖有一个高大的纪念碑，上书“第二次世界大战终结地”。看介绍，虎头要塞被攻克的时间是8月26日。如此说来，第二次世界大战的真正结束地应当是在东宁。

8月盛夏，烈日当头。走进暗堡，潮湿阴冷之气顿时扑面而来，如同进入喀斯特溶洞。不同的是，喀斯特溶洞是天然形成的，而眼前的暗堡是人工开凿的。进入暗堡，如同进入迷宫，里面纵横交错，如果没有指示牌，百分之百会迷路。暗堡内功能齐全，指挥所、弹药库、电机房、通风井、无线电室、铁车库房、炊事房、医疗所、寝室、浴室……一应俱全。

广场上矗立着一座苏军烈士雕像，这名战士名叫菲而索夫·亚历山大·雅科夫列维奇，1925 年生于梁赞州一个农民家庭。在攻克东宁要塞的战斗中，这名苏军下士第一个突入日军永久性火力点，用胸膛挡住日军枪眼，英勇牺牲。没来东宁要塞之前，只知道中国志愿军中有个堵枪眼的黄继光，没想到苏联红军中也有黄继光式的英雄。

爬上附近的一座小山坡，沿着坎坷不平的山路行走，没多远就能遇到一处要塞的配套设施：战壕、掩体、碉堡、炮台口、瞭望哨、出入口、发电竖井、蓄水池、劳工棚、狼狗圈……

“这下面都是空的，里面大着呢，一天都走不完。我在这里这么多年，都没走遍。”一位管理员说。

站在山顶，朝远处瞭望，四周群山起伏，逶迤连绵。可谁能想到，在这片葱绿密林之下，竟隐藏着一个曾经是亚洲最大的军事要塞。

梦里雪乡

由牡丹江市区前往双峰林场只有一条路，这条路与牡丹江支流海浪河相伴而行。夜里下了一场不大不小的雪，从车窗望出去，银装素裹，远山近树一片洁白。

双峰林场是一个雪藏在山林深处的小村庄，村里不到 100 户人家，300 余口人。在交通不发达的年代，小村几乎与世隔绝，村里人去往最近的大城市牡丹江，坐汽车要走上大半天。有些人一辈子都没走出过大山，外边人也很少造访这里。兵荒马乱年代，这里是土匪出没的地方，小说《林海雪原》的故事发生地就在这一带。

2008 年，电视连续剧《闯关东》的播出让人们知道，在东北的深山老林里有一个由冰雪组成的童话世界，并知道了它还有另外一个名字——中国雪乡。

雪乡位处张广才岭深处，山高林密，来自贝加尔湖的冷空气与来自日本海的暖湿气流在此交汇，降雨量充沛。再加上 1200 米的海拔，由此形成一个独特的小气候。一进入 10 月份，这里便飘起了纷纷扬扬的雪花，一直下到来年 4 月份。

雪乡的雪大，最厚的地方超过 2 米，一不小心整个人都会陷进去，需要有人往外拉才能出来；雪乡的雪黏，落在地上随物具形，形成一个个“雪蘑菇”，仿若精雕细琢而成。

村民为了营造雪雕环境，有意在房前屋后扎起几道栅栏、摆放一些圆木。于是，这些雪蘑菇就有了千姿百态的形状。只要花上二三十块“门票”钱，就可以进入院内，尽情拍照。如果你想接接地气，住在这里，门票自然就可以免掉。

去雪乡，千万不要忘了把自己“打包”好，羽绒服、棉鞋、棉帽、围脖、口罩、手套，一样都不能少。一旦走出房门，寒气袭人，呵气成霜，几分钟内，须眉皆白。走路更要留神，脚下嘎吱嘎吱的声响悦耳动听，可冰雪不留情，稍不留神，就会来个“仰八叉”，搞得你哭笑不得。

“驾，驾！”一位村民赶着狗拉爬犁一溜烟跑了过来，爬犁上装满烧火用的木柈子。狗儿撒开四蹄，尽情在雪地上奔跑，身后扬起阵阵雪雾。村民用狗拉爬犁充当运输工具，也用狗拉爬犁做生意。这不，村口处，几位游客正在与村民讨价还价，想过过“雪地宝马”的瘾。

北国的冰雪，有寒冷，也有温馨，看看村民院门口挂的灯笼就知道啦。夜幕降临，写有“好日子”3个字的大红灯笼一个个亮了起来，在白雪映衬下显得格外透亮。寒冷的冬天有了暖意，即将到来的年关有了喜气，足以产生让人进去做客的欲望。清晨，曙光微露，家家户户屋顶上冒起了炊烟，静谧中透出几分浪漫。

房舍寂寥，雪落无声。如果赶上夜里下大雪，可要当心早上起来推不开门。东北人有句话：“吃水用麻袋，开门用脚踹，男女同穿戴，五方六月吃干菜。”这“开

农家院前，大红灯笼高高挂

门用脚踹”便是指的夜里下雪，早上起来推不开房门时采取的办法。待费好大力气把门打开一条缝，人挤出去之后，要做的第一件事情就是扫雪。小孩子们则趁这个机会堆雪人、打雪仗。一旦有人被雪球击中头部，就会引来一阵欢笑。

到雪乡，千万别忘了要住住火炕。雪乡有宾馆，但如果你住进农家院，就能体验到躺在火炕上被“烙饼”的滋味。我从小在林区长大，17 岁以前一直睡家里的小火炕。上山下乡期间，睡青年点的大火炕。再后来进了城，与火炕渐行渐远。如今来到雪乡，住进农家院，睡在暖烘烘的火炕上，儿时的记忆又出现在眼前。

东北有句土话：“三亩地一头牛，老婆孩子热炕头。”道尽了东北人的满足感。火炕多用土坯垒成，由炕洞和炕面组成，屋外连着一个灶坑。灶坑上面架一口铁锅，做饭烧火时，烟气通过炕洞转一圈，然后通过烟囱排出屋外。烟气流通的过程就是炕面加热的过程。火炕上面铺有用高粱秸秆或者芦苇编制的草席，当地人称炕席。土坯具有受热均匀、散热慢的特点，人躺在炕面上，身子底下始终是热乎乎的，不用担心夜里被冻醒。

南方人不知炕为何物，顾炎武在《日知录》中说：“北人以土为床，而空其下以发火，谓之炕。”烧炕更是门学问，要先在灶坑内放入容易着的柴火，比如麦秸、豆秆儿、松木条，待火势起来后，再续入粗硬一点的柴火。

作家聂绀弩初到北大荒时，不明就里，有一天烧炕，点火用的是湿草，横竖点不着。情急之下，老先生把草拿到外边，试图点着后再送入灶坑，没想到点着火后，火势蔓延，将茅屋和行李统统烧光。我有一位大学同学，来自上海，刚到农场时，把行李扔到坑上，问老乡："我们睡哪啊？"时间一长，他体会到火坑是好东西，回到城里睡冷冰冰的硬板床倒觉得不舒服了。

躺在热烘烘的火炕上，酣睡梦游，任凭屋外"大烟泡"肆虐，神仙不过如此。如果你有腰酸背疼的毛病，不妨到火炕上烙一会儿，保你浑身舒坦，倦意全无。听老辈人说，睡火炕的人从来不得关节炎病，此话让人信服。

说来不信，火炕还有孵小鸡的功能。村里人习惯把鸡蛋放到炕头上，用棉被捂严实，十几天就能孵出小鸡来，比老母鸡亲自孵化还要快。

炕头是尊贵之地，平时要让给老人住。如果家里来了贵客，主人会先请客人脱鞋上炕，盘腿坐在炕头上"暖和暖和"。"这雪看样得下到后半夜……"主人一边为客人卷旱烟，一边陪客人唠嗑。如今有了暖气，火炕已不多见。记得我上次见到火炕还是在呼兰的萧红故居，尽管那是一个展示。

"小孩小孩你别哭，进了腊月就杀猪；小孩小孩你别馋，过了腊月就是年。"山里人喜欢吃杀猪菜。过去日子穷，小孩子就盼着过年，因为过年要杀猪。大块的五花肉放进锅里，待炖到七八分熟时，放入切细的酸菜和灌好的血肠，越炖越有滋味，馋得小孩子哈喇子都流出来了。满满一大盆杀猪菜端上桌来，香喷喷、热乎乎。大人笑眯眯地不说话，先夹给小孩几块解解馋，然后坐到炕头上，热上一壶小烧，有滋有味地品尝。

如果说雪乡只有物质享受，那就错了，还有精神产品等着你欣赏。1000 多年前，现如今的牡丹江地区是由靺鞨人建立的渤海国属地。渤海国存世 200 余年，创造了盛极一时的“海东盛国”文化。在雪乡的一家店铺，我看到一位女孩，身着传统满族服装，正在刺绣。中国的刺绣技术悉数在江南，东北何来此艺？一问才知道，这叫渤海靺鞨绣，是渤海国时期流传下来的一门刺绣技艺。

渤海国深受大唐文化影响，很早就开始养蚕制丝。不同的是，南方制丝用的是桑树蚕，东北制丝用的是柞树蚕。渤海靺鞨绣在技艺上吸收了四大名绣的温婉细腻手法，同时融入了北方粗犷豪放的特点。有一幅反映雪乡人家的刺绣画，画面上，落雪的原野、房屋、木栅栏、大红灯笼，皆栩栩如生。

2015 年 2 月，“渤海靺鞨绣”被列入国家级非物质文化遗产第四批保护名录。揭牌仪式上，一幅幅色彩瑰丽、大气磅礴的渤海靺鞨绣作品让现场的观众赞叹不已，也让人们认识了这项起源于黑土地的古老技艺。

闯关东，一条移民之路

2008 年，元旦刚过，电视连续剧《闯关东》在中央电视台热播，一个过去少有人关注的题材进入人们的视野。

关东，指的是山海关以东，也就是东北地区。1644 年，顺治帝爱新觉罗•福临自盛京（今沈阳）起驾，迁都北京，八旗倾巢出动，随其入关。在他们的身后，留下的是“荒城废堡，败瓦颓垣”。东北大地，沃野千里，有土无人。

看着祖地一天天荒芜，清朝皇帝寝食不安。1653 年，清政府出台《辽东招民开垦条例》，鼓励关内人口出关开垦。政策规定：凡能够招募到一定数量的移民，就可以做官，“招至百者，文授知县，武授守备”。从这个时候起，东北地区人口又开始有所增加。

敢于闯关东的人都是有胆量的。在中原人的眼里，关东是“极边寒苦”之地，是一个风雪肆虐、虎狼横行、土匪出没的地方。不过，先闯者回来后也会说，东北“那嘎哒”地多人少，有黄金、人参、貂皮，发财机会多。在他们的怂恿下，众多饱受战乱和灾害之苦的中原百姓抱着闯一闯的心理，陆续来到东北。

这种搬迁往往是“连锅端”，一个家族或者一个村子集体搬迁，集体定居。今天在东北，仍然可以发现很多以家族命名的村子，如刘家庄、王家沟、李家窑等。有些移民懒得起名，干脆就用老家村庄的名字来称呼他们的新家园，如高密村、平度村等。

随着流民的涌入，东北地区的人参、东珠、皮毛被一车车运到关内。康熙皇帝担心长此以往，必将“龙脉”不保。1668年，清政府发布《辽东招民授官永著停止令》。同时，修筑柳条边，防止关内人迁往关外。

满族人入关前，为防范明朝军队侵袭，曾用柳条和夯土修筑了一条900里长的边墙，起点在开原的威远堡，南至丹东的凤城，再折向西南，至山海关。新修的柳条边长690里，起点也在威远堡，沿东北走向至今吉林市的北法特。柳条边培土为堤，堤上每隔5尺种3棵柳树，树间用绳子连接，堤外挖深宽各8尺的壕沟。边墙设21个边门，由士兵把守，如果谁想通过，必须持有官府发的通行证。这相当于将整个东北地区封闭起来。

这一封就是200年。令清政府没有想到的是，这个政策被俄国人钻了空子，大片领土被蚕食。而关内则连年灾荒，人口暴涨。在腹背受敌的情况下，清政府被迫采纳了黑龙江将军特普钦的建议，于咸丰十年（1860年）在东北局部弛禁放荒。最先开放的是黑龙江呼兰河平原，次年又开放了吉林的西北草原。

慈禧太后垂帘听政后，更进一步，不仅颁布了放荒、免税、补助等移民奖励规定，还宣布在东北地区满汉同等待遇。19 世纪末，中东铁路开始修筑，相传俄国计划每年向中国东北移民60 万，这更让老佛爷慌了手脚。与其让给外人，不如自己抢占先机。到 1904 年，东北三省全面开禁。

民国时期，移民垦荒受到鼓励。1914 年，民国政府颁布《国有荒地承垦条例》。张作霖和张学良父子执政东北时，为对抗日本人的移民垦殖计划，制定了更加积极的移民政策，出关人数与日俱增。

《黑龙江晨报》记者张樹曾采访过多位闯关东老人。有一位叫王友廉的大娘，老家在河北乐亭，1948 年随大人坐胶皮轱辘马车，然后换乘火车，被熙攘的人流裹挟着，几经辗转，来到哈尔滨。她在道外十六道街姨妈家落脚后，先是卖烧饼，后成为售货员。类似这样的例子，在东北有很多。

专家考证，闯关东的路线主要有两条，一条是陆路，一条是水路。陆路，又称西路，山东移民多沿渤海湾和辽西走廊而行，河北和河南的移民多走古北口和喜峰口，从柳条边的威远堡门（今辽宁开原）、法库门（今辽宁法库县）进入东北。陆路靠的是自己的双脚，推着小车，挑着担子，跋山涉水，一路蹒跚而行。

水路，又称东路，有四条：青岛－大连、烟台－营口、天津－营口、烟台－海参崴。水路，靠的是渔船、舢板，随船老大在茫茫的海面上漂荡，前途未卜，生死难料。传统上，移民多走水路。随着20世纪初一条条铁路的开通，移民多换乘火车，由山海关进入东北。

专家统计，八旗入关前，东北地区的人口为110多万，入关时带走90多万，留下20多万。而到九一八事变前，东北地区的人口已超过3000万。外来人口成为社会的主流。

闯关东给东北地区带来的变化怎么说都不为过。随着山东、河北、河南人的涌入，齐鲁文化、燕赵文化进入蛮荒的东北，极大地影响了当地人的观念和习俗。东北地区最早信奉的是萨满教，随着中原人口的涌入，人们的信仰开始多元化，佛教、道教、基督教、天主教、伊斯兰教遍地生根。二人转的曲调里夹杂了河南豫剧、河北梆子、山东梆子、山东柳琴等音乐元素。如此等等，不一而足。

我上小学时，班里有很多“小山东”，他们说话的口音和生活习惯都有明显的山东人特点，他们的父辈都是闯关东来到东北的。改革开放后，山东半岛依靠沿海优势，经济发展迅速，东北三省相形见绌。很多当年闯关东的后代又开始寻根返乡，返回故土。这是当年的闯关东者们想不到的。

中国近代史上有三大移民潮：闯关东、走西口和下南洋。其中，规模最大的当属闯关东。我在山西参观过以走西口为主题的杀虎口博物馆，但一直没见到闯关东博物馆和下南洋博物馆，为此感到遗憾。

白山黑水间的文明

李白识番书

有一个流传甚广的故事，情节大概是这样的：

唐朝天宝年间的一天，长安城来了一位远方使臣，上朝递上一封文书。大臣们看后面面相觑，上面的文字稀奇古怪，无人能识。

这时，秘书监贺知章进谏，说翰林学士李白知晓番文。玄宗龙颜大悦，当即宣布李白上殿。李白看后禀报："陛下,番书要我朝将属国高丽一百七十六城让给他们，否则，便要兵刃相夺。”

玄宗大怒，命李白即刻回书驳斥。李白借这个机会耍了个大牌，要宰相杨国忠为他研磨，宠臣高力士为他脱靴。唐玄宗急于回诏，当即恩准。

这个故事细节的真伪暂且不论，单说这个敢于和唐朝叫板的藩国，它就是位于东北边疆的渤海国。

公元 698 年（武则天圣历元年），靺鞨人首领大祚荣在“旧国”（今吉林敦化）建立政权，始称“震国”。起初，唐朝试图征讨，但屡次战败，后改变政策，对其进行“招慰”。公元 713 年，唐朝遣使东北，册封大祚荣为左骁卫员外大将军、渤海郡王，并以其统辖之地为“忽汗州”，加授大祚荣为忽汗州都督。忽汗州，即为唐朝在东北边疆的一个羁縻州。

公元 762 年，唐肃宗正式“诏以渤海为国”，封大祚荣的孙子大钦茂为渤海国王。自此，渤海国成为唐朝在东北的一个自治政权。经过三代渤海王的文治武功和开疆拓土，渤海国国力日盛，势力范围不断扩张。公元 755 年，大钦茂决定迁都，在牡丹江畔、镜泊湖之北建立上京龙泉府。自此，渤海国进入全盛时期。

盛唐时期，周边国家慑服大唐国威，倾慕华风，向往内地，效仿归附。大钦茂继位后，顺应时事，遣使朝唐，请写《汉书》《三国志》《晋书》《十六国春秋》《唐礼》等汉文典籍，派遣留学生到长安学习。大钦茂从大唐文化中汲取治国之道，将其作为管理国家和教化民众的规范。中原文化和生活习俗渗入渤海国社会的方方面面。我在雪乡看到的渤海靺鞨绣，作为渤海国时期流传下来的一项传统工艺，至今仍散发迷人光彩。

大钦茂有改革意识，他借鉴中原典章制度，建立与唐朝相仿的政治机构；鼓励农耕、畜牧、渔猎，发展手工业，与中原、日本开展贸易；建立五京、十五府、六十二州。都城上京龙泉府人口最多时达 10 万人，是中世纪亚洲仅次于长安的第二大都市，超过了日本奈良。渤海国全盛时期拥有人口 300 多万，由此带来了社会经济文化的繁荣。一个强大的地方政权在白山黑水间崛起，时称“海东盛国”。

虽处大荒之地，但渤海国文化氛围浓厚，它的一个王子就是有名的诗人。唐朝诗人温庭筠在《送渤海王子归本国》中写道：“疆理虽重海，车书本一家。盛勋归故国，佳句在中华。定界分秋涨，开帆到曙霞。九门风月好，回首是天涯。”上行下效，王子喜好“佳句”，全国自然会形成风气。一个能够吟诗作赋的社会，不用说，一定是个有闲、富庶、满足的社会，至少说明他们不需要为生计发愁。

从渤海人遗留下来的壁画上，也可以看出当年他们安居乐业的生活。考古人员曾经在吉林省和龙市西古城，也就是当年的渤海国中京显德府所在地，发现了一座渤海国时期的公主墓。甬道墙壁上，绘有甲胄武士、侍从、门卫、伎乐等众多人物。人物形象团脸朱唇，面庞丰腴，幞头抹额，圆领长袍，腰束丝带。场面欢乐祥和，一派盛唐景象。

渤海国濒临日本海，其疆域包括今天的黑龙江、吉林、朝鲜半岛东北部和俄罗斯滨海边疆区大部。渤海国遗址博物馆的墙上挂有一幅疆域图，上面显示，渤海国有漫长的海岸线，今天的俄罗斯远东城市符拉迪沃斯托克（海参崴）也在其境内。我在这幅地图前驻足良久，

渤海国宫城遗址，由火山石垒筑

慨叹渤海国昔日的辉煌，为中国东北海岸线和海参崴的失去愤愤不平。

树大招风，国富招嫉。公元 926 年，来自蒙古草原的契丹人一路杀将过来，瞬间将渤海国灭掉，繁华一时的“海东盛国”从此不再。我比较了一下，渤海国传世 229 年，比稍晚些的西夏国多出 40 年，可谓长寿。

遗憾的是，渤海国文字，也就是当年李白破译的“番文”已无处可寻，为今天研究这段历史增加了难度。而西夏文却被保留下来，在多年前被破译。我在甘肃武威见过一块石碑，一面是西夏文，一面是汉文，可相互对照。正是这块石碑为破译西夏文，进而揭开西夏国的身世之谜立下了大功。

渤海国灭亡后，居民四散逃离。在今天的北京市怀柔区，有一个渤海镇。专家考证，它最早的居民就是当年南迁的渤海国遗民。明弘治年间，朝廷在此设立“拱护陵京”的千户所——渤海所，并修建了 120 万平方米的城池——渤海城。今天来到怀柔区渤海镇，仍然可以看到写有“渤海所”3 个大字的牌楼。

渤海国灭亡于五代时期。那个时候，正值天下大乱，由东北平原到华北平原，相去千里，关山重重，更不要说兵燹战乱，路途凶险。他们南下的路线应当就是此前开辟的由白山黑水间通往关中长安的朝贡道。这些渤海人所经历的颠沛流离，生死劫难，已无人能知。相比 700 年后的满洲人南下，他们是义无反顾的先行者，也是勇敢的探路者。

一个高度发达的文明社会能够被落后的游牧民族吞掉，似乎有些不好理解，但史书往往就是这样写成的。种地的打不过骑马的，历史上屡见不鲜，不足为奇。我不久前参加中国国际广播电台组织的《出西域》沙龙活动，据一位专家解释，在冷兵器时代，游牧民族的骑兵部队易于调动和集结兵力，迅速出击包抄，机动灵活，令固守田园的农耕民族猝不及防。这是游牧民族能够战胜农耕民族的一个重要原因。

我去过两次西夏遗址，占据银川平原的西夏国发展到鼎盛时期，国王也想读读书，吟吟诗，作作画，不曾想被来自蒙古草原的成吉思汗的铁骑踏为碎影。

琉璃井，石灯幢

契丹灭掉渤海国后，改渤海国为东丹国。两年后，东丹国南迁，上京龙泉府被付之一炬。大火究竟烧了多少天，都烧掉了些什么？谁也不知道。今天，要想找到一点当年渤海国的蛛丝马迹，非常困难。

有学者考证，当年的上京龙泉府具有相当规模。都城由外城、内城、宫城组成，呈长方形，东西宽，南北窄。城区被一条宽阔的大道从中间分割为两部分，这条大道类似长安城的朱雀大道。可以想见，渤海国不仅与唐朝“车同轨、书同文”，在城市建设上也保持着高度的一致。

如今，外城和内城的城墙均已不复存在，保留下来的唯有一段宫城城墙。登上 5 米多高的楼门，上面有序地排列着一个个圆形的柱础，唯独不见上面的建筑物。

午后的阳光斜斜地照射在城墙上，在地面上拉出长长的影子，放眼望去，残垣、老树、蒿草……一片荒芜。风吹草动，窸窣作响，唯独不见人烟。想当年，这里是喧嚣热闹的大都市，仅次于长安的大都市。

宫城废墟中存有一口古井，人称“八宝琉璃井”。井壁用玄武岩砌成，上部横断面呈八角形。探头下望，已经干枯。契丹人的那场大火没有将其毁掉，也算是一个奇迹。据载，明清时期，这口井的水量十分充盈。明末兵部尚书张缙彦在他的游记《东京》篇里写道：“三重宫殿……八角石井，雨水渟泓，尚可牛饮。”流放途中的他，饥渴难忍，看到如此丰盈的水源，忍不住要像牛一样狂饮一通。

车子驶入宁安市渤海镇，一座座石雕在街道两旁整齐排列，形似灯塔，像是在列队迎客。这些形似灯塔的石雕就是有名的渤海国石灯幢，为渤海国时期遗留下来的最有价值的文物。石灯是寺庙里的照明物，即供奉在佛像前的长明灯。石灯幢实际上就是用石头做成的灯罩。不过，渤海国的这个石灯幢可不是普通的灯罩，它还是一件珍贵的佛教艺术品，极具收藏和观赏价值。

在当地老百姓称为“南大庙”的兴隆寺，我一眼就发现了这尊高 6 米的石灯幢原件。它造型古朴雅致，墩墩实实地立在寺内，犹如一朵盛开的莲花。石灯幢历经沧桑，依然完好无损，原因何在？奥秘在于它的材质。原来，它由火山喷发后凝结的玄武岩雕制而成。玄武岩的特点是质地坚硬，周身有气孔，不易风化，是一种很好的建筑材料。渤海国遗址之所以能被列入第一批全国重点文物保护单位，功劳应首推这件宝贝。

兴隆寺，当地人称“南大庙”

当 1300 年前的渤海人点燃石灯的时候，照亮的不仅是一座普通的寺庙，也照亮了那片遥远的白山黑水，带给人们的是东北文明的曙光。今天的渤海镇居民用石灯作为路灯，不仅实用、美观，而且代表着吉祥，昭示着东北人对美好生活的企盼。

不过，一圈走下来，感觉渤海国遗址的宣传和展示不够到位。城垣遗址可看内容不多，博物馆规模过小，陈列简陋，没有介绍资料。遗址现场异常清静，游人门可罗雀，见不到管理员。唯一感到欣慰的是，南大庙正在进行修缮，而且采取了边修缮边开放的办法，没有拒游人于庙门之外。

渤海国在东北边疆开发史上留下了浓重的一笔，是中华文明的组成部分之一。肃慎、挹娄、勿吉、靺鞨、女真、满洲，东北人一路走来，先后建立了渤海王朝、大金王朝、大清王朝，不仅谱写了黑龙江流域的文明，而且影响了整个中国历史的发展。

清代，当那些从内地被流放到宁古塔的官员和文人见到这个淹没在蒿榛草莽间的庞大遗址时，惊愕不已。他们怎么也不会想到，在这个塞外荒蛮之地，竟有如此高度发达的文明遗存。于是，就有了那些卷帙浩繁的考证、诗歌和游记。

我和很多人说起这个地方，都说听说过，究竟是怎么回事不甚了了。但提起李白戏弄朝中重臣的故事，倒是很多人知道，只是忽略了一个事实——那个风尘仆仆的远方使臣来自“海东盛国”，其都城位于今天的黑龙江省境内。

一条通往长安的朝贡之路

作为属国，渤海国有向唐朝纳贡的义务，由此产生了一条由东北边疆通往内地长安的朝贡之路。

据《渤海国记下篇·朝贡中国》载：“渤海在唐营州之东二千里，自国都忽汗州西至长安，史言八千里。而遥遣使如中国，有朝贡、谢恩、祈请、贺正、进奉、端午诸名。贡道：陆行，渡辽入幽州境；水行，渡海入青州境。”

这段话明白无误地告诉我们，渤海国距离长安八千里，遣使的目的包括朝贡等，朝贡的方式有陆行和水行两种方式。

陆行的道路称营州陆路贡道，具体线路为：上京龙泉府（忽汗城）—敖东（敦化）—营州（朝阳）—山海关—幽州—开封—长安；水行的道路称登州海路贡道，具体线路为：上京龙泉府（忽汗城）—敖东（敦化）—和龙—临江—旅顺口—登州（青州境内，今蓬莱）—开封—长安。

渤海使臣多选择海路。这是因为，陆路（营州道）屡遭战争破坏，交通受阻，且常有贼人强盗出没。走海路不仅线路距离短，而且运输费用低，可以避开强盗出没之地。“于是朝贡之使，舍长岭之陆路，而出于鸭绿之水路。”

当然，走海路危险也很多。渤海湾风大浪急，一千多年前的造船航海技术很难应付，有时在海上要漂泊数月之久，船翻人亡现象时有发生。好在那个年代海盗还未兴起，不必担心人为灾难。

渤海国的朝贡者多选择冬、春两季出发，次年夏季返回。据载，公元 772 年（唐代宗大历七年），一只渤海国船队五月出发，至八月才抵达登州，行程两月有余。

唐朝政府在青州境内的登州（蓬莱）设有“渤海馆”，专管内地同渤海地区的贸易事宜。登州是渤海国与内地商品交换的主要集散地之一，常年停泊着渤海的“交关船”。青州这个地方在历史上很有名。听我父亲说，我祖上就是青州府人，清朝时期随“闯关东”浪潮到了黑龙江。如今的青州市还能找到刘家庄这个地方。

渤海国贡道从东北平原出发，经华北平原，最后到达关中平原，全程近 8000 里。山水迢递，路途漫漫，即使是在交通发达的今天，开车走国道和高速公路，也要费好大一番周折，更不要说 1000 多年前。

渤海国向唐朝进贡的东北特产种类繁多，包括皮毛、马匹、海东青、鱼干、人参、牛黄、松子、蜂蜜、珍珠、玛瑙等。唐朝的赏赐品主要是江南和中原生产的丝绸服装、袍服冠带、药材、金银器皿，以及经籍图书等，其中最主要的是各类丝绸织品。

史料记载，渤海国共向唐朝朝贡 132 次，其后还向后梁和后唐朝贡 11 次。唐朝对前来朝贡的使臣采取赏大于贡的政策，不让渤海人吃亏。在给予物质恩赏的同时，还加授官职，并允许他们从事民间贸易，以物易物，从中获利。这些都是诱惑渤海国人在贡道上往来奔波的重要原因。

对后世来说，他们的奔波意义重大。他们用双脚踩出了一条早期的东北亚丝绸之路，把遥远的东北边疆和与内地长安连接在了一起。

大金国，女真人

阿什河畔

阿什河，松花江的一条支流，一条不起眼的支流，干流长度不过 250 多公里。可有谁想到，900 年前，就在它流经的土地上诞生了一个令中原王朝闻风丧胆的帝国——大金国。

建立大金国的，就是生活在白山黑水间的女真人。女真人商周时期称肃慎，三国时期称挹娄，北魏时期称勿吉，隋唐时期称靺鞨，五代时期开始称为女真。女真人以渔猎和畜牧为生，曾臣服于契丹辽国，向其进贡。

苦寒的气候和辽阔的土地给女真人以豪勇好斗的性格，他们对契丹贵族长期以来的欺压行为恨之入骨，“仇恨的怒火”暗中蕴积。

公元 1112 年春，辽国天祚帝乘松花江解冻之际东巡，目的是要检验一下松花江中下游各部落对他的忠诚程度。鱼头宴上，酒过三巡，天祚帝一时兴起，命前来赴会的部落酋长跳舞助兴。酋长们迫于其淫威，不得不从。可这时候偏偏有个酋长，端坐不动，不肯上场，说自己不会跳。不给天祚帝面子，可谓胆大包天。

也许是天祚帝酒酣耳热，一时心软，竟糊里糊涂放过了这个酋长。这个性格倔强的酋长就是生女真部落的完颜阿骨打。令天祚帝没有想到的是，他这一放，竟养虎为患，为自己留下了一个掘墓人。

两年后的一个冬天，完颜阿骨打汇集女真各部落，誓师于涞流水（今拉林河）南岸。在历数辽国的罪行后，完颜阿骨打大声宣布：推翻辽国统治，不再屈服契丹贵族。随后，率领手下人向辽国军队发动进攻。完颜阿骨打部下虽然只有 2500 人，但他善于用兵，以正义之师和势不可挡之势，杀得辽兵丢盔卸甲，尸横遍野。

公元 1115 年春，完颜阿骨打宣布建国，自立为皇帝，国号大金。相传，阿骨打在商议国号时曾说：“辽以镔铁为号，取其坚也，镔铁虽坚，亦有坏时，唯金长久不坏。”

所以，阿骨打为这个新建立的政权取国号为“金”。

大金国的军队以少胜多，以弱胜强，仅用十年时间，相继攻下辽国上京临潢府（今内蒙古巴林左旗）、中京大定府（今内蒙古宁城）、西京大回府（今山西大同）、南京析津府（今北京），俘获辽帝耶律延禧，最终灭掉辽国。其后，又一鼓作气，攻占开封，掳去徽钦二帝，灭掉北宋。

大金国最早的都城为上京会宁府，位于今天的阿城。阿城，是阿勒楚喀（又称按出虎水）的简称，在女真语里的意思是金子。阿勒楚喀河即今天的阿什河。想来，那个时候的阿什河是出产黄金的。这也解释了，为什么女真人会在阿什河畔强大起来，也解释了为什么完颜阿骨打会想到“唯金长久不坏”。

阿城过去为黑龙江省的一个县，后改为县级市，现为哈尔滨市的一个区。不过，千万不能就此推断，哈尔滨的历史也和阿城一样长。哈尔滨是 100 多年前俄国人修中东铁路时兴建起来的。换句话说，它是一座“火车拉来的城市”。金国在阿城建都时，哈尔滨充其量是个松花江边的小渔村。而阿城则是“女真肇兴地，大金第一都”。在这里，父子关系逆转了。

完颜阿骨打在阿城登基称帝时，皇宫为一顶简单的毡帐（皇帝寨）。后期开始修筑城池。经过不断修复扩建，城池渐成规模。据挖掘考证，上京会宁府都城分南北两城，南城为皇城，北城为商贸区，建筑设计结合了金源文化与中原文化的特点。都城人口众多，商贸繁荣，为当时东北亚地区政治、经济、军事和文化中心之一。

金上京会宁府遗址，满目荒凉

公元 1153 年，第四代海陵王决定迁都北京。为断绝南下女真人的恋家念想，防止留下的王公贵族造反，海陵王下令捣毁上京会宁府的城墙宫殿，片瓦不留。虽然后世仿照北宋都城汴京（今开封）进行了重建，规模更加宏伟，但历经数百年战火硝烟和风雨侵蚀，昔日气势恢宏、金碧辉煌的宫殿群今天早已不见踪影，就连残垣断壁也难以寻觅得到。映入眼帘的，只有绵延数十里的夯土城垣基址，还有那些衰草枯杨，满目蓬蒿。

灰飞烟灭的是那些人工堆砌起来的方块建筑，万古流淌的唯有阿什河。

在如今的上京会宁府遗址，要想寻找到女真人的遗迹犹如大海捞针一般困难。但多年前，专家却在距离该遗址 14 公里处发现一处摩崖石刻，认定为金代早期的作品。由于这处摩崖石刻位于阿城区亚沟镇的悬崖峭壁上，故称亚沟摩崖石刻。

沿着弯曲的山路前行，几经打听，绕过一座水库，爬上一座山坡，终于看到一块标有文物保护单位的石碑。亚沟摩崖石刻就位于它身后的崖壁上。

亚沟摩崖石刻图像，右为武士，左为贵妇人

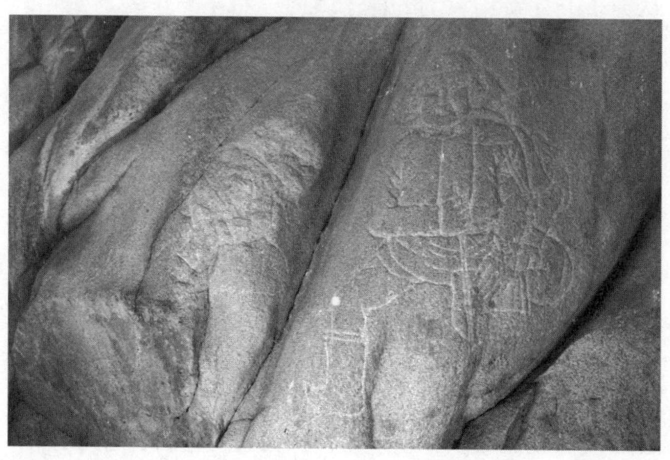

出现在我们面前的石刻图像为两幅，形象为一男一女，如夫妻并坐。男像较为清晰，可以明显看出是一名武士，头戴战盔，身着圆领窄袖袍，足蹬尖头靴，左手扶靴，右手执短剑，左腿盘回呈端坐姿态。女像模糊不清，据专家解读，应为一个贵妇人形象，两手合袖，盘膝端坐。

有人猜测，摩崖石刻中的图像为金太祖完颜阿骨打及其皇后，因为该石刻正对上京会宁府的城门。把金太祖及其皇后的形象雕刻于此，是为了让他们能够时刻看到皇城。

追寻大金王朝的雪泥鸿爪，亚沟摩崖石刻是重要的实物。金国灭北宋和辽后，女真文化受到中原文化影响，汉化严重。但这处摩崖石刻体现了女真萨满文化的特点，从男子的穿着和宝剑的样子就可以看出。正因为如此，多年前它被列为全国重点文物保护单位。

查阅资料，黑龙江省全国重点文物保护单位有 29 处，其中哈尔滨有 7 处，亚沟摩崖石刻为其中之一，十分难得。

海东青，鹰路

谁能想到，女真人崛起，建立大金帝国，灭掉契丹辽国，其导火索竟是因为一只鸟。这只鸟的名字叫海东青。

逆光下的海东青形象

今天的人们对这种鸟已经非常陌生。海东青，学名矛隼。《本草纲目·禽部》记载："雕出辽东，最俊者谓之海东青。"在女真人眼里，"海东青"非同凡鸟，是他们的最高图腾，为"万鹰之神"，如同汉民族的凤凰图腾一般。在他们古老的神话传说中，海东青是一只浑身如火球般燃烧，煽动着翅膀，始终在飞翔的鹰神。

而真实的海东青，身形俊美，飞行矫健，猛喙利爪，坚如铁钩，在天上可以擒杀比自己体型大五倍的天鹅，在地上可以啄死野狼和狐狸。海东青在空中发现猎物后，会迅速将两翅一收，急速俯冲而下，如同投射出去的一支飞镖，径直冲向猎物。用今天的话说，海东青是"空战高手"。海东青个头不大，但坚毅勇猛，善于以小博大，其精神为女真人所崇尚。

辽国皇帝和贵族们，每年春天都要在鸭子河（今松花江上游）岸边举行狩猎和阅兵仪式。仪式的主要内容是放飞海东青，捕捉天鹅。按照契丹人规矩，捕到第一只天鹅，要摆宴庆贺，名曰“头鹅宴”。

天祚帝时期，辽国强行让实力弱小的女真部落捕捉海东青进贡。女真人几乎抓尽了境内的海东青献给契丹贵族，但仍然满足不了他们的欲望。俗话说，“九死一生，难得一鹰”，海东青性情凶猛，捉一只往往要死伤几个猎人。

为了尽快得到女真人进献的海东青，辽国不惜花费人力物力，专门修建了一条“鹰路”。这条道路西起临潢府（今内蒙古巴林左旗），经宁城、昌图、农安、上京至五国城。这条路线不算很长，但在当年却意义非凡，它将蒙古高原和三江平原连接起来。自此，两地物品和人员有了交往的通道，草原文化和黑土文化有了交流和融合。

辽国派往女真部落的“鹰官”身挂一块银牌，称“银牌天使”。他们到了女真部落后，有恃无恐，掠夺财物，欺男霸女，胡作非为。

辽国皇帝和贵族除了向女真人索取海东青外，还让他们献美女伴宿，称之为“荐枕”。

官逼民反，女真人决心起义，报仇雪恨，推翻辽国统治。“辽金衅起海东青”，契丹人因玩鹰付出代价，而女真人则在完颜阿骨打的领导下励精图治，建立了大金国。

依靠辽河流域肥美的水草，契丹政权雄踞北方209年，创造了强盛一时的草原文化。外国人称呼中国有三个名称，一个是赛里斯，意为“丝绸”；一个是China，意为瓷器；一个是契丹，来自俄语和拉丁语。契丹文化在世界上影响之大由此可见。

女真人在灭掉辽国后，对其城池进行了毁灭性破坏。内蒙古巴林左旗境内存有辽上京和辽祖陵遗址，但据当地人说，留下来的东西很少。我在赤峰市区内路过一处建筑工地，朋友说，这是正在建设中的契丹城，集文化旅游和房地产开发于一体。国内这样的景点很多，最有代表性的是西安的大唐西市。这些借助历史题材修建的景点虽然遗存不多，但至少给今天的我们追寻历史迷踪提供了一个去处。

辽国的城池虽然没有保留下来，但细细寻觅，今天仍然可以发现辽代散落在东北和中原大地上的遗迹，如辽阳白塔、应县木塔、天宁寺塔……除佛塔外，还有深埋地下的壁画。有一次，我去河北采风，在宣化下八里村寻访到一处辽代壁画，画面色彩艳丽，技法流畅娴熟，画中人物雍容华贵，仪态万方。

作为女真人的后裔，满洲人对海东青也情有独钟。清代皇宫设有鹰坊，专司海东青的捕捉和饲养，以为享乐消遣之用。据清《异域录》记载，海东青的颜色“有

河北宣化下八里村的辽代壁画

雪白者，有芦花者，有本色者”。一只普通的海东青价格在 30 两白银，相当于一个普通劳力半年的收入。按照法律规定，戍边的犯人如果能够捕捉到海东青并且将其上交，可以获得减刑甚至释放。很多可汗贝勒、王公贵戚为得一名雕，不惜重金购买。

一次，康熙皇帝阅兵，看到御林军臂架海东青、英姿飒爽的阵型时，龙颜大悦，遂写诗赞曰：“羽虫三百有六十，神俊最数海东青”。乾隆之后，由于国力衰弱，尚武传统渐失，皇室对玩鹰的兴趣下降，海东青才逐渐淡出人们的视野。

1972 年，考古学家在密山兴凯湖畔对一处古墓群进行了发掘。经确认，这处遗址属于新开流文化。让考古学家欣喜的是，他们发现了一件6000年前的骨雕，上刻一只猛禽，相貌凶狠，好像随时都要出击，判定应为海东青的形象。

用海东青的头骨做装饰用品，反映了在那个洪荒时代，海东青在人们的生产和生活中的地位，以及人们对海东青的感情。这件宝贝如今陈列在黑龙江省博物馆，为镇馆之宝。2013年，这件宝贝曾被运到首都博物馆展览，为一号展品。

如今，提起海东青这个名字，多数人都感到生疏。因为它不仅非常罕见，而且其种类也发生了变异。据专家介绍，这种被称为矛隼的鸟类只少量分布在新疆、青海、内蒙古和黑龙江等地，被国家定为二级保护动物。

真实的海东青我没有见过，倒是有一次在吉林市满族博物馆门前遇见过一尊海东青雕像——一只煽动双翼，展翅欲飞的大鸟。见此情景，遂逆光拍下一幅照片，拷到电脑里放大看，气势非凡。

彻夜西风，萧条孤影

“彻夜西风撼破扉，萧条孤影一灯微；家山回首三千里，望断天南无雁飞。”800多年前，一位来自中原的皇帝坐在松花江畔的一座院落里，面对破屋柴扉，枯灯孤影，发出如此哀叹。

这个皇帝就是宋徽宗赵佶，北宋第八位皇帝。这个院落就是历史上有名的“坐井观天”处。

宋徽宗一生醉心琴棋书画，造诣颇深。别的不说，就书法而论，他独创一种瘦金体，即仿宋体的前身。但在政治上，宋徽宗却是个失败者——治国无方，诺诺弱弱，任由蔡京、童贯等人把持朝政，导致官场腐败，民怨沸腾。

徽宗时期，农民起义不断，北有宋江，南有方腊，一直没消停过。面临来自北方的金人大兵压境，徽宗慌了手脚，匆忙让位于长子赵桓，自己找了个清净地方，继续写字画画。

靖康元年（1126 年），金军攻占都城汴梁（今开封市），刚刚登上皇帝宝座不久的宋钦宗赵桓率百官捧呈降表。次年四月，在金兵的押送下，徽、钦二帝及王公大臣、嫔妃随从一万多人，沿着岁币通道，辗转千里，来到苦寒之地东北。初至上京城（今阿城），再到韩州（今昌图八面城），后至依兰五国头城，开始了“坐井观天”的幽囚生活。最终，二帝饮恨塞外，客死他乡。

史书记载，在上京城，金太宗面召徽、钦二帝，降封徽宗为昏德公，钦宗为重昏侯。在金人威逼下，徽、钦二帝被迫在金太祖陵前跪拜，并在金太宗和众人面前行牵羊之礼。所谓“牵羊之礼”，即赤裸上身，披一张羊皮，脖子上系根绳，被人牵着走。

五国头城城楼

随同二帝一起到来的众多随从，男性被迫从事苦役，女性被送进浣衣房，年轻貌美的被金朝官兵挑选回家，或为妻妾，或为奴婢。史称这次事件为“靖康之难”。“靖康耻，犹未雪；臣子恨，何时灭。”在《满江红》中，岳飞悲愤难抑，怒火中烧。

何为坐井观天？后人有两种解释。一种解释是：二帝被囚禁在一个封闭的四合院里，四周是高大的院墙，看不到外面，只能坐在院子中央，也就是天井里，眼巴巴地望着天空；另一种解释是：这里所说的井，是过去东北地区常见的“地窨子”，也就是一半埋在土里、一半露在外面的茅草房，这样建房的目的是为了保暖。

不管哪种解释，对过惯了花天酒地、锦衣玉食生活的两位皇帝来说，失去人身自由，备受凌辱，凄惨之状可以想象——孤寂凄冷，归乡无望，每日哀叹悔恨，以泪洗面。由是，一首凄凄惨惨的《思断肠》在徽宗的笔下宣泄而出。

依兰虽处塞外，但依山傍水，西有牡丹江，东有倭肯河，北有松花江，南临完达山和张广才岭。随着二帝部众的到来，中原文化融入北国土壤。一同押解来的工匠在五国头城修屋建房，有汉文化特色的四合院出现在依兰，农耕纺织贸易活动一时兴盛。依兰由此成为一个“声闻塞外三千里，名贯江南十六州”的历史名城。

女真时期，三江流域分布着越里吉、盆奴里、越里笃、奥里米和剖阿里 5 个部落。辽国统治时期，在此设节度使。“越里吉”即今天的依兰，位于五国部的最西端，为五国部落联盟的盟城所在地，因此被称为五国头城。“盆奴里”故址为今汤原县境内的固木纳古城。“越里笃”故址为今桦川县境内的瓦里霍吞古城。“奥里米”故址为今绥滨县境内的奥里米古城。剖阿里即今天的伯力（哈巴罗夫斯克），位于黑龙江和乌苏里江的汇合处，为五国部的最东端。

从佳木斯出发，沿哈同高速公路向西南方向行驶 90 公里，就到了松花江南岸的依兰县城。十几年前，当地在原址的基础上，重建五国头城，并以徽、钦二帝被囚禁的历史为背景，在城内修建了坐井观天园。五国头城城墙古朴厚重，四面各有城门，南面为正门，城楼为三层重檐，高大宏伟。城墙由护城河环绕，岸边荒草萋萋。

绕到正门，发现大门紧闭。透过门缝，一座“坐井观天遗址”牌坊映入眼帘，明确无误地告诉我们，这里就是800年前两个北宋皇帝“蹲笆篱子”的地方。

来到附近一个街心公园，一块石碑上写着“五国城遗址”字样，几位上年纪的老人坐在亭子里唠嗑乘凉。说起坐井观天的故事，有人说不知道，有人说听说过，具体咋回事也说不清楚。

五国头城遗址

松花江水日夜奔流，带走了泥沙，也带走了人们的记忆。

从宋辽故道到宋金故道

黑龙江也有“马王堆”？听着新鲜。

事情的来龙去脉是，多年前考古学家在阿城县巨源乡城子村发现一座金代墓穴。经认定，此墓为金代齐国王完颜晏夫妇合葬墓。令考古学家感到惊讶的是，该墓穴中存有大量精美的丝绸织品，质料品种齐全，纺织技术高超，制作工艺精湛，图案艳丽华美。墓中男性服饰为 8 层 17 件，女性服饰为 9 层 16 件，衣帽、腰带均由丝绸制作。面对琳琅满目的丝绸织品，专家们赞叹不已，称此墓为“北方马王堆”。

丝绸多产自江南，寒冷的东北何来此物？专家考证，它们是通过宋金故道运过来的。

公元 936 年，河东节度使石敬瑭反唐自立，在契丹辽国的扶植下，建立晋国。作为条件，两年后，石敬瑭献出燕云十六州，辽国的疆域扩展到长城一带。同时，石敬瑭还答应向辽国输岁币 30 万帛。岁币，就是每年需要交纳的财物。30 万帛就是 30 万匹丝绸织品。

宋朝开国后，念念不忘丢失的燕云十六州，最初试图用武力收回，但屡战无功。无奈之下，于公元 1004 年与辽国签订“澶渊之盟”，答应每年向辽交纳岁币银 10 万两、绢 20 万匹（后增至银 20 万两、绢 30 万匹）。两国还约定，在边境固定地点设置互市贸易的榷场（类似现在的边贸点）。宋仁宗和宋英宗时期，北宋与辽国的互市不绝。渐渐地在开封通往辽上京（今内蒙古巴林左旗）间，形成了一条以运送丝绸为主的贡道加商道，史称“宋辽故道”。

女真人在白山黑水间强大起来并建立起大金国后，宋金订立“海上之盟”，决定联合灭辽。由于北宋没能按约定攻下燕京，在金人的胁迫下，不得不答应将每年输送给辽国的岁币转赠给金国，还要每年交 100 万贯作为“代燕税”。这样，这条原本由中原通往漠北的通道，转而指向东北松嫩平原，史称“宋金故道”。

再后来，两国关系恶化，金人以北宋背盟为由，侵入中原。节节败退的宋人只好用丝绸等物品贿赂、讨好金朝将帅。北宋灭亡，偏安一隅的南宋与金国划淮河为界，臣服朝贡。南宋每年要向金国进贡银 25 万两、绢 25 万匹，每年春季搬送到泗州（今安徽泗县）交纳。两国还借纳贡机会开展互市贸易。金世宗大定年间，两国互市贸易活动空前繁荣。

史料记载，自金太宗天会二年至金宣宗元年的 90 余年间，宋朝共向金朝交纳丝绢 2558 万匹。有人计算，假如把它们铺展开来，总长度超过 33000 万米，可折叠为 140 余层，从淮河岸边一直铺到金上京城。随着丝绸的涌入，女真人的传统服饰发生变化，日趋鲜艳华丽，连富贵之家的奴婢都穿上了用丝绸做的衣服。

遥想 1000 多年前，女真人脱掉身上穿的粗衣麻布，换上轻薄柔软、华丽多彩的丝绸衣服，那令人惊羡的情景绝对不逊于凯撒大帝第一次穿上来自“塞里斯”的丝绸服装。凯撒大帝的绸衣来自丝绸之路，女真人的绸衣来自宋金故道，二者有异曲同工之妙。我在黑龙江省博物馆看过金代齐国王墓丝织品服饰，也在丝绸的原产地江南参观过缫丝过程，对此感受深刻。

宋金故道从南到北延展 5000 余里，从华北平原到东北平原，从淮河流域经海河流域、辽河流域到松花江流域。据专家考证，宋金故道的最后路线是：泗州（泗县）—开封—邯郸—真定府（正定）—涿州—燕京（北京）—旧榆关（山海关）—梁渔务（黑山）—沈州（沈阳）—咸州南铺（开原）—济州（农安）—涞流河—上京（阿城）。

随着金朝的灭亡，宋金故道结束历史使命。元朝在东北地区设立辽阳行中书省，利用辽代鹰路和宋金故道，开设主要用于军事目的驿道。向北，从涞流河（今吉林省与黑龙江省的界河）起，直抵黑龙江入海口；向南，从涞流河通往高丽王都开京（今朝鲜开城）。元朝灭亡后，这条古道随之荒废。

嫩江，有故事的地方

将军府

清史册上，有三位值得敬仰的民族英雄：邓世昌、林则徐、寿山，一东、一南、一北。前二者，人人皆知。但后者，知道的人却不多。

寿山曾为黑龙江将军，1860 年出生于黑龙江畔的瑷珲城，为明末兵部尚书袁崇焕的七世孙，吉林将军富明阿之子。寿山自幼聪颖好学，成年后子承父业，到京城任职，奉命监修颐和园，同时准备参加科举考试。

1894 年，中日甲午战争爆发，寿山投笔从戎，请缨赴敌，在黑龙江将军依克唐阿麾下任步兵统领，屡建战功。1897 调任黑龙江镇边左路军统领，驻瑷珲。由于寿山干练精明，治军有方，深受黑龙江将军恩泽推崇，翌年任黑龙江副都统。1899 年，寿山受命署理黑龙江将军。

黑龙江将军的设置，说来话长。清朝入关后，东北地区空虚，俄国人趁机侵占大片中国土地。清政府看在眼里，急在心上，于是滋生了在黑龙江“建城永戍”的想法。1683 年，清政府决定，将宁古塔将军所辖西北部地区划出，设置黑龙江将军。将军府最初设在黑龙江东岸的黑龙江城（瑷珲旧城），原宁古塔副都统萨布素为首任将军。自此，东北地区形成盛京、宁古塔、黑龙江三位将军并立，共同镇守的局面。

由于嫌过江不便，1684 年，黑龙江将军府移驻黑龙江西岸，仍名黑龙江城（瑷珲新城）。1690 年，将军府内移至墨尔根（今嫩江），1699 年再移至齐齐哈尔，此后再未变动。清政府任命的黑龙江将军一共有 76 位，其中有 71 位驻扎齐齐哈尔。那个时候的齐齐哈尔，实际上就是黑龙江的省会。

与清政府设在内地的驻防将军不同，黑龙江将军除了管理军政、旗务以外，还兼管地方民政、民刑等事宜，相当于现在的省长兼省军区司令。这一设置一直延续了 224 年，直到 1907 年清政府决定东三省改制，“裁将军，设行省”，建立奉天、吉林、黑龙江行省。

黑龙江将军府原位于齐齐哈尔市中华西路6号。2000年，市政府决定将这座古建筑依照原貌移建于嫩江明月岛上。因城市改造而将文物移到他处，在国内屡见不鲜，也有一定道理。但以我之见，移到一个远离市区的风景区内，就会脱离周围的环境，失去原有的氛围，降低文物的历史价值。

果然，当我们踏上明月岛时，修葺一新的将军府孤零零地矗立眼前，周边见不到其他房屋建筑，没有街道市井烘托。如果不是门前的那块黑底金字牌匾提示，看不出这是有300多年历史的“省政府兼省军区大院”。

寿山任黑龙江将军的时间不足一年，但他的最终义举却使他名垂史册。

1900年，垂涎中国东北已久的沙俄借八国联军侵华之机，调集17万大军，虎视眈眈，陈兵边境。随后，以保护中东铁路为由，向寿山提出借路，欲从瑷珲南下，经齐齐哈尔到哈尔滨。寿山断然拒绝：中东铁路应由我大清帝国军队代为保护，你若硬要派兵前来，我唯有与你决一死战。

寿山向瑷珲副都统凤翔下令：严防死守，不许一个俄军越过黑龙江。

沙俄借路未成，便动用武力，向瑷珲发起进攻。清军奋起还击，但由于敌强我弱，协同不力，伤亡惨重，最终瑷珲失守，凤翔战死。

俄军向齐齐哈尔一路扑来，兵临城下。他们先是对寿山进行诱降，寿山不为所动，于是开始炮轰攻城。就在这时，清政府又发来停止反击的电报。寿山耻于落入敌手，抱定“军覆则死”的信念。他对副将说：“我辜负国恩，不能战，不能守，只是担心城中百姓受战火之苦。如果能够以我一死换取全城平安，我死而无憾。”

当晚，寿山给朝廷写下最后一封奏折，建议整军、备战、戍边。随后又致信俄军指挥官，要求入城后不要骚扰商贾、杀害百姓，表明自己宁死不降。书毕，整理衣冠，两咽鸦片，后吞金块，均未能死。次日，仰卧棺中，令长子庆恩开枪。庆恩“手战不忍发，误中右臂不死”。又令卫士补枪，遂“洞胸而亡”，年仅 40 岁。

寿山殉国后，人们在现今的大庆杜尔伯特县为其选择一处风水宝地，修建墓园。1928 年，寿山将军逝世 28 周年之际，齐齐哈尔市在龙沙公园建立一座寿公祠，纪念这位清末反侵略战争的爱国将领。

督军署

齐齐哈尔卜奎大街与中华路交汇处，坐落着一座古色古香的清代建筑物，这就是黑龙江督军署旧址。督军，相当于现在的省长，是民国时期黑龙江地区的最高长官。

当地人称督军署为大人府。它最早是齐齐哈尔副都统的私宅，建于 1806 年，也就是清嘉庆十一年。清朝末年，程德全署理黑龙江巡抚时，在大人府的宅址上开始营建，周树模接任巡抚后建成。

陪同我们的市博物馆王女士说，原来的督军署建筑群规模庞大，为三进式四合院建筑，现在只剩下一幢主体楼房和三栋平房。走进院落，一幢二层小楼出现在眼前，精美异常，这就是主体楼房。这幢建筑在中国传统建筑风格的基础上，揉入了西方建筑的手法。房门两侧的檐廊由青砖砌筑，山墙转角、墙垛、门窗及屋檐处装有纹饰，图案丰富。二层的檐廊为封闭式木质围板，装有对开花格玻璃窗，花饰精美，让人联想到俄罗斯的小木屋。

四合院内，花草树木遍布，间有几只花瓣金黄的向日葵，点缀在绿色的植物中。王女士说，这里是“寄想园”，原来中间有凉亭，为主人休闲赏花之地。清末民初学者张朝墉在《寄想园雅集图记》中称这里“有亭翼然，广檐长廊”，并留下了“名园寄想雪花侵，一卧龙沙岁月泽”的诗句。

在民国的38年间，共有12位督军在这里办公居住，包括宋小濂、朱庆澜、毕桂芳、鲍贵卿、孙烈臣、吴俊升、万福麟、马占山等。新中国成立后，这里曾为黑龙江省人民政府的所在地。

12位督军中，最具传奇色彩的是吴俊升。吴俊升，人称“吴大舌头”，因为说话吐字不清，故被送了这么一个外号。此人虽然说话不清楚，但做人极其精明，办事极为利落。

吴俊升原籍山东历城，世代务农。咸丰末年，山东遭灾，迫于生计，吴家闯关东来到辽宁昌图兴隆沟落户。吴俊升小时候给大户人家放马牧羊，13岁到当铺做伙计，

黑龙江督军署旧址

后又随其父贩过马匹。17 岁入辽源捕盗营，20 岁编入骑兵。由于作战勇敢，善于巴结，吴俊升得以连连提拔，仕途春风得意，很快官至奉天后路巡防队统领、候补总兵。

1912 年，满人王公勾结日本人，策动“满蒙独立”，吴俊升率部进剿，因功晋升陆军少将，后任旅长、守备司令、洮辽镇守使，直至黑龙江督军。在讨袁运动中，吴俊升与张作霖联手驱逐了亲袁的奉天将军段芝贵。接着又与孙烈臣夹攻吉林，辅佐张作霖当上“东北王”。1925 年，郭松龄反奉，吴俊升任讨逆军总司令，兼左路军团司令，大败郭松龄部，立下赫赫战功。

北伐战争中，张作霖失利，决定撤军出关，吴俊升闻讯迎至山海关，二人同乘专列回奉。1928 年 6 月 4 日清晨，皇姑屯铁路线上传来一声巨响，一根道钉穿入吴俊升脑部，吴当即身亡。张作霖身受重伤，当晚毙命。吴俊升死后，由万福麟接任黑龙江督军，兼任保安司令。“九一八”事变后，万福麟逃避抗战，滞留北京不归。马占山受命于危难之际，代理黑龙江省主席兼军事总指挥。

作为奉系军阀中仅次于张作霖、冯德麟的第三号人物，吴俊升为维护对黑龙江的统治，费尽心机，且手段毒辣。有个例子，1922 年冬，驻守海拉尔的混成二旅步兵团的两连士兵因不满长官克扣军饷，发生哗变，吴俊升亲赴处理。他先是好言相劝，答应补发欠饷，惩处责任人员。士兵听信了他的话，上车返回。哪承想，车行至荒郊野外时，突然停下。有人大声吆喝：全体下车，听吴司令训话。待士兵都已下车后，暗伏的射手突然开枪，数百名士兵倒在血泊之中。

吴俊升平生有多种嗜好。他最喜欢养马，据称有良马 3000 匹；酷爱刀枪剑戟，不惜重金收购；喜爱女色，经常出入风月场所；喜欢养猴，督军署后院大小猴子成群，光饲养员就有几十人。

神武将军天上来

“神武将军天上来，浩然正气系兴衰。”80 年前，教育家陶行知在一首诗中，如此称颂马占山。

马占山何许人也？说起马占山，就要说江桥抗战。1931 年，“九一八”事变爆发，在蒋介石不抵抗命令下，张学良的东北军一退再退。日本军队很快占领了辽宁和吉林，随后长驱北上，进逼黑龙江。在全国人民的一片指责声中，远在天津的张学良不得不有所表示：任命瑷珲驻军首领马占山为黑龙江省代理省主席，兼军事总指挥，即刻南下，阻击日军。

当时，黑龙江的省会在齐齐哈尔，日军要想占领这个城市，必须走平（四平）齐（齐齐哈尔）铁路，跨过嫩江，向北推进。这样，架在嫩江上的那座铁路桥就成了双方必争之地，也是决定命运之地。

马占山将部队按纵深布防在齐齐哈尔、昂昂溪和泰来一线，派重兵死守江桥。11 月 4 日，日军以满铁守备队伪军为先锋，向江桥阵地发动进攻，被马占山部击退。11 月 6 日，日军在优势炮火、飞机和坦克掩护下，以主力第 2 师团投入作战。马占山亲赴前线指挥，双方形成拉锯战，嫩江两岸陷入一片火海。其后，日军又调集朝鲜驻屯军增援，加强攻势。江桥岌岌可危。

11 月的松嫩平原寒风凛冽，滴水成冰。日军装备精良，补给充足。马占山的部队为临时拼凑，仓促上阵。从兵力上看，日军投入精锐部队 3 万人，马占山部只有 3 个旅，人数不及日军一半。抵抗期间，马占山一再求救，但未获驻防锦州一带东北军的实质性援助。在敌强我弱、伤亡惨重的情况下，嫩江大桥最终失守。马占山部队节节撤退，省城齐齐哈尔随即失陷。

抵抗期间，马占山通电全国，表达前线将士誓与日寇血战到底的决心："占山守土有责，一息尚存，绝不敢使寸尺之地，沦于异族，唯有本我初衷，誓与周旋，始终坚持，绝不屈让。”马占山的爱国义举激发了全国民众的抗日热情，国内报纸均以大字标题报道。各地民众组织慰问团、后援会，捐钱捐物，支援黑龙江抗战。哈尔滨、北京、上海等地青年学生纷纷投笔从戎，组织“援马抗日团”。

在江桥抗战纪念馆展厅内，我看到一则老上海的“马占山将军牌”香烟广告，发黄的纸页上写着：“每箱提慰劳金国币十元”，落款为“上海福昌烟草公司”。该香烟上市后，上海人争先购买，一时间供不应求。一些不吸烟的人也买上几包，为的是支持抗战。

江桥抗战失利后，马占山率部众几经周折，退往海伦、黑河一带，组织东北救国抗日联军，终因寡不敌众，伤亡惨重，率主力退入苏联境内。其余大部加入东北抗联，在极其艰苦的条件下与日寇周旋于白山黑水之间。

马占山辗转回国后，继续从事抗日活动。“西安事变”爆发后，他利用在原东北军中的老关系，积极斡旋。解放战争后期，他联系邓宝珊，做傅作义的工作，推动北平和平解放。1950 年 6 月，毛泽东让秘书给寓居北京的马占山打电话，邀请他出席政协一届二次会议。由于疾病缠身，马占山未能赴会，当年病逝。

马占山系绿林行伍出身，在家园故土遭受外辱之际，临危受命，奋起抗击，源于他的民众气节，也源于他身上的个人品质。东北人豪爽、好客、重友情、讲义气，对手握兵权的人物来说，这种性格的人做出的决定足以影响战局，甚至影响历史。一个明显的例子是，张学良为对得起家乡父老兄弟，先是出人意料地扣押蒋介石，逼其抗日。后又不顾个人安危，执意陪其返回南京，导致后半生身陷囹圄。

我在小兴安岭林区长大，对东北人的讲义气性格深有体会。分析起来，这个性格主要是和历史上人们生存的自然条件有关。在千里荒原、天寒地冻、虎狼出没的恶劣环境下，人们需要抱团互助，才能渡过难关，生存下去。东北历来为流放之地，落难者多为仗义执言之人，随着他们的到来，塞外荒野的空气中又多了一分豪爽之气。

乌云袭来，天色转阴。驱车来到嫩江岸边，映入我们眼帘的是一座新建的铁桥，当年发生激战的哈尔葛江桥早已不复存在。原木桥的桥头处，有一道围起来的铁栏杆，内立一块“省级文物保护单位”石碑，上面写着：

1931年11月4日，这里爆发了震惊中外的江桥抗战，打响了中国人民有组织有规模武装抗日的第一场战役，揭开了中华民族武装抗日战争的序幕。

风渐起，雨渐至。略显浑黄的嫩江水哗哗流淌，岸边杂草荒芜，昔日的硝烟痕迹难觅踪影，只有岸上的那座残破的碉堡在昭示着这块土地曾经有过的沧桑。一位身披雨衣的渔民稳坐在一艘破旧的铁皮船上，手持钓竿，神情专注，对我们这些远道而来的造访者视而不见。

他是不是也知道80年前这里曾经发生过的一切呢？

梁思永的发现

1928年的一天，昂昂溪郊外走来一位高鼻子蓝眼睛的苏联人。他叫路卡什金，中东铁路雇员。路卡什金喜欢到户外活动，喜欢寻幽访古。他听当地农民说，在昂昂溪的荒郊野地里经常能发现石器、骨器和陶片。这正符合他的喜好。

寻寻觅觅中，路卡什金挖到一个陶罐。拂去沙土，陶罐上的条纹和图案显露出来。根据经验，他推测，这不是一件普通的陶器。但究竟为何，他无力探究。回到住处，他把这个罐罐小心翼翼放在桌子上，不时玩赏一番，偶尔也会向人炫耀几句。

消息借着中东铁路列车传到北京，一位刚从美国留学归来、在中央研究院历史语言研究所考古组供职的年轻人听说后兴趣陡增。这个年轻人叫梁思永，梁启超的次子。梁思永毕业于清华大学留美预备班，后入哈佛，专修考古学和人类学，其间参加了美洲印第安人遗址的发掘。毕业后，梁思永返回祖国，投身考古事业。

1930 年秋，梁思永带领助手千里迢迢来到大兴安岭东麓的嫩江平原，在极为艰苦的条件下开始了对昂昂溪遗址的发掘。他把在美国读博士期间学到的分层学方法应用于遗址发掘，出土了大量石器、陶器和骨器。经考证研究，他认定，这是一种以细石器为代表的史前文化类型。惊喜之余，他给自己的发掘对象起了个好听又好记的名字：昂昂溪文化。

1932 年，梁思永发表了《昂昂溪史前遗址》，在史学界引起轰动。历史学家郭沫若、范文澜和吕振羽对昂昂溪文化给予高度评价，随后出版的《中国通史》和《世界通史》都将昂昂溪文化收录其中。梁思永的研究成果使昂昂溪这个原本默默无闻的北方小镇蜚声中外。人们发现，黑龙江地图上又多了一个新的标识：昂昂溪遗址。这一年，梁思永只有 26 岁。

随后，梁思永又主持了龙山、后冈和西北冈等遗址的发掘。新中国成立后，梁思永出任中国科学院考古研究所副所长。遗憾的是，这位才华横溢的考古学家因积劳成疾，突发心脏病，于 1954 年逝世，年仅 50 岁。用现在的话说，梁思永属于年轻白领阶层的“过劳死”，令人惋惜不已。

昂昂溪遗址博物馆内，立有一尊梁思永的半身塑像。塑像中的他脸庞瘦削，目光矍铄，颇有其父梁启超的大

梁思永，中国近代田野考古学奠基人

家风度。将门无孬种，虎门无犬子，文字介绍中称梁思永为“中国考古学的先驱者，中国考古事业的领路人，中国近代田野考古学奠基人”。我不懂考古学，但从文字介绍中觉得这个评价颇有分量。

凡有人类生存的地方就有艺术创造。博物馆的陈列品中，有一件珍贵的文物，这就是 1988 年出土的新石器陶塑鱼鹰。把鱼鹰捏塑到陶罐上是古代先民的一种图腾崇拜方式，显示了先民们的文化艺术情趣。这件鱼鹰浮雕用灰褐色黏土和蚌壳粉捏塑而成，周身布满戳点式纹饰，看起来很像鱼鹰的羽毛。陶罐上的鱼鹰造型简练古朴，形象生动逼真。这件鱼鹰造型现已成为遗址博物馆的标志。在北方寒冷艰苦的条件下，古代先民能有这

样的艺术创造，不能不令人赞叹。

在文管所所长项首先的引领下，我们来到郊外的滕家岗遗址。出现在我们面前的是一块巨大的石英岩，上面刻有密密麻麻的碑文。项所长告诉我们，这块石英岩采自太行山。当年为了把这块石英岩运到东北，费了好大周折，前后用了几个月时间。

石碑的碑文由李铁成先生撰写，对仗工整，文采飞扬。7000 年前嫩江流域的自然风貌和古代先民们的生活场景跃然石上：

祖国之北疆兮，广阔辽远绵延无垠兮；嫩江之岸远古即沃野兮，浩浩莽原春草葳蕤兮；百花争妍湖泊如镜兮……鹤鸣于天中有人兮，强且勇聚族而居兮；围木栅操楛矢兮，射石镞逐野兽兮；网鱼鼋陶罐煮羹兮，衣兽皮夜围篝火兮……

不难想象，那时候的嫩江两岸，水草一定是相当丰茂的，人与自然一定是相当和谐的。

绕过巨石，后面是一片开阔的沙丘，上面长满荒草。项所长说，这就是遗址发掘现场，考古人员在对遗址进行发掘后，又用沙土进行了回填，所以看不出挖掘的痕迹。

离开昂昂溪，我们驱车来到了几十公里外的扎龙湿地，看着那些展翅飞翔的丹顶鹤，想起刚刚看过的陶罐上的鱼鹰，二者何其相似。在满语里，昂昂溪是“雁多”的意思。想来，7000 多年前这里就是鸟类的天堂。

在很多人眼里，大兴安岭脚下的嫩江平原历史上是荒蛮之地，无文化可言。昂昂溪的考古发掘证明，早在新石器时代，古代先民们就在这块土地上从事渔猎活动，创造出了与黄河文明并驾齐驱的北方渔猎文化。称昂昂溪遗址为“北方的半坡氏族村落”，名副其实。

最后的枪声

在东北大地上，苏军烈士陵园、纪念塔和纪念碑几乎随处可见，它们均为纪念二战末期在东北战场上牺牲的苏联红军而建。

在这些纪念性建筑物中，有一个特殊的去处，这就是位于昂昂溪的苏军烈士陵园。说它特殊，是因为这里安葬的苏军战士牺牲于发生在嫩江岸边的一场战斗，而这场战斗则被认为是二战的最后枪声。

1945年8月8日，苏联根据《雅尔塔协定》对日宣战。集结在赤塔一带的苏联红军接到命令，在飞机大炮的掩护下，以坦克车开路，一路开赴中国东北。苏军从满洲里入境，攻下海拉尔要塞后，翻越大兴安岭，进入嫩江平原，顺利拿下齐齐哈尔。

8月15日，裕仁天皇宣布无条件投降，而一队驻扎在嫩江岸边的日军没有接到上级指令。一天，几个走投无路的日本兵窜入嫩江西岸的三家子村，与村民商量，要用两支步枪和300发子弹换钱。村民同意，给了日本兵钱。日本兵交了枪，但不给子弹。双方发生争执。冲突中，几个日本兵被愤怒的村民打死，余下的两个日本兵夺路而逃。

几天后，两个逃亡的日本兵遇到一股从蒙古方向溃逃过来的大部队，他们闻讯后气势汹汹赶往三家子村，开始了一场血腥屠杀。其后，这些日本兵又顺势越过嫩江，血洗了江东岸的申地房子村。两村共有160多人遇难。

幸免于难的村民陶永富逃出报信。在嫩江岸边，他远远看见有一辆铁甲车开了过来，断定是苏联红军，于是摘下帽子拼命摇晃。苏联红军闻讯后立即用无线电与部队联系，请求支援。

中午时分，满载苏联红军的四辆卡车疾驶而来。一阵炮火轰击后，日军打出白旗，缴械投降。苏联红军放松了戒备，开车在堤坝上行驶。这时，潜伏在庄稼地里的日本兵突然开火，苏联红军猝不及防，124 名战士当场阵亡。

消息传出，驻扎在齐齐哈尔的苏军大部队怒不可遏，迅即赶赴事发现场，将日本兵团团包围。炮火如雨点般倾泻到日军阵地上，300 多名日本兵顷刻间血肉横飞，20 多个冲出重围的日本兵也随后在溃逃的路上被歼灭。

这场战斗发生的时间是 1945 年 9 月 25 日，距日本宣布投降已经一个多月。有人认为，这场发生在昂昂溪的战斗是第二次世界大战的真正尾声。不过，关于二战结束地究竟在哪里一直有争论，由于判定标准不一样，很难定论。

我去过中俄边境上的虎头要塞和东宁要塞，这两个地方都声称自己是二战结束地。查资料，虎头要塞的攻克时间是 8 月 26 日，东宁要塞的攻克时间是 8 月 28 日。

发生在昂昂溪的这场战斗，其规模和激烈程度远远比不上前两者，但发生的时间要晚一些，因此称为二战的最后枪声可能更合适。

我从小在东北长大，苏联红军出兵东北与日本关东军作战的事情多少知道一些。当年，苏联红军分西、北、东三路进入东北，人数为 150 万，而当时关东军的人数是 100 万。最关键的是，日军此时大势已去，纵使有天大的本事也是枉然。

嫩江是西部战线上苏联红军横扫关东军的主要战场。我一年前去过海拉尔要塞，时至今日，仍能感到其地上和地下规模之宏大。这些“固若金汤”的工事在苏军的坦克和火炮面前，都毫无例外地在须臾间土崩瓦解。相比之下，一股小小的余部残敌又算得了什么呢？

昂昂溪火车站北侧有一条充满俄式建筑风情的罗西亚大街，苏军烈士陵园就坐落在这条大街的一侧。在项所长的引领下，我们跨过欧式铁艺大门，步入园内。

园内清幽肃穆，榆树遍布。最引人注目的是那座苏军烈士纪念塔，四周刻满反映战斗场景的浮雕。塔身一侧用中俄两国文字写着：“为从日本帝国主义压迫下解放东北的苏军死难英雄永垂不朽！”另一侧写着：“中国人民要永久的纪念为从日本帝国主义枷锁下解放东北人民而牺牲的苏联人民！”纪念塔顶端矗立一名苏军战

士塑像，身佩冲锋枪，头戴钢盔，高举军旗。

项所长说，陵园自1949年8月15日落成后，一直保护得很好，即使在中苏关系破裂时期也没有遭到明显破坏。虽然对苏联红军进入东北后的行为一直有议论，但他们的功绩是主要的，作用是巨大的。2002年，文物部门拨出100万元对陵园进行了大规模修缮。俄罗斯驻沈阳总领事馆官员曾专程来此参观，对文物部门的工作表示赞扬和感谢。

沿草坪中的小路漫步，我看到一座墓碑上刻着两行文字，其中一行是：列兵，巴甫连果•恩•雅，1927年。推算起来，这名小战士牺牲时只有18岁。在世界反法西斯战争胜利之际将年轻的生命留在他乡，这是真正的国际主义战士。

寻访中东铁路

火车开进满洲里

在广袤的东北大地上，有一条横贯东西的铁道线，西起满洲里，经哈尔滨，东至绥芬河；还有一条纵贯南北的铁道线，北起哈尔滨，经长春、沈阳、大连，南至旅顺口。这一横一纵的两条铁路，最初是一家，称中东铁路。这条T字形的铁路框架，铺展在东北大地上，构成了东北铁路最初的网络格局。

说起这条铁路的由来，要追溯到100年前。中日甲午战争中，大清帝国战败，被迫与日本签订了丧权辱国的《马关条约》。在这种情况下，朝野上下出现了一种占主流地位的声音——联俄抗日。

1896 年，李鸿章作为清政府特使，抵达圣彼得堡。李鸿章此行，名义上是祝贺沙皇尼古拉二世加冕，但实际上还肩负一个秘密使命，就是与沙俄签订条约，允许俄国人在中国境内借地，修筑铁路。这个条约就是《中俄密约》，这条铁路就是“中东铁路”，它的全称是“大清东省铁路”，又叫“中国东省铁路”，简称“中东铁路”。

中东铁路由干线和支线组成。干线从满洲里至绥芬河，全长 1480 公里；支线从哈尔滨至旅顺口，全长 940 公里。从地理角度看，中东铁路干线穿越了呼伦贝尔草原、大兴安岭山地和松嫩平原；支线则从松嫩平原出发，穿越辽河平原，抵达渤海之滨。

俄国之所以热心修筑这样一条铁路，是因为它可以通过干线把西伯利亚大铁路在中国境内取直，缩短直达海参崴出海口的距离。通过修筑和经营铁路，俄国人可以达到渗入中国东北，与日本抗衡的目的。在中国铁路史上，中东铁路是第一条与国外接轨的铁路。

中东铁路于 1897 年开始动工，前后用了 6 年时间。铁路运营后，经历了沙俄统治、中苏共管、伪满铁路、中长铁路几个时期，于 1952 年移交给中国。移交仪式地点在哈尔滨中长铁路文化馆剧场（今哈铁文化宫），时任政务院总理兼外交部部长的周恩来出席了这次活动。经过历次修建改造，这条铁路如今仍在发挥交通干线的作用。只不过，它的名字已经不叫中东铁路，而是分为滨洲线、滨绥线和哈大线等几个不同的路段。

满洲里，旧称“霍勒金布拉格”，蒙语意为“旺盛的泉水”，因此地牧草繁茂、牛羊成群，有泉水流出而得名。清末，呼伦贝尔副都统宋小濂来此考察，曾赋诗一首：“群山郁苍茫，沙草迷天荒，寒日淡迥野，边风严清商。”在俄国人眼里，霍勒金布拉格是中东铁路在满洲的第一站，故将其命名为“满洲利亚”，汉语音译为满洲里。

满洲里站前的俄式建筑，砖石结构

满洲里火车站是中东铁路沿线上的9个二等站之一。我几年前在哈尔滨索菲亚教堂花300元买到一本武国庆先生主编的大型画册《建筑艺术长廊——中东铁路老建筑寻踪》，时常翻阅，爱不释手。看旧时的图片，当年的满洲里火车站造型非常漂亮，新艺术运动风格，建筑造型生动优雅，立面设计精彩夺目，类似早年的哈尔滨火车站。

遗憾的是，这座老建筑的命运与哈尔滨火车站一样，在十几年前被拆除，取而代之的是一座毫无特色的钢筋水泥建筑。所幸的是，满洲里站前依然保留着一些当年的俄式建筑，其中以木质住宅居多。这些木屋虽经百年风雨，依然风姿不减。

满洲里站前的俄式建筑，木板结构

俄式木屋一般分两种，一种是木刻楞房，一种是木板房。木刻楞房子的地基多用石头垒砌，墙身用原木垒叠，原木直接以卯榫连接，尽显粗糙、原始和质朴之美。木板房则用木质梁柱和木板搭建，板材之间填充石灰木屑等保温材料。这种房子建造容易，易于雕刻、彩绘，看上去精致小巧，典雅别致，如同艺术小品。不管哪一种，屋内的地面毫无例外都铺有厚厚的木质地板，踩上去笃实稳重。

中东铁路沿线上散落着众多的木质住宅，其中西部线最多。这是因为，中东铁路西部线途径大兴安岭山脉，这一带森林密布，木材资源丰富，采伐方便，可以就地取材。这些雕刻如花蝴蝶般的木屋大大小小分布在铁路线两旁，犹如一条建筑艺术的长廊，散发着欧式浪漫气息，让人欣赏玩味不够。

满洲里是中国最大的陆路边境口岸，过货量占中俄陆路贸易的65%。中俄铁路接轨处现已被建为一处景区。景区内最引人注目的是一道乳白色国门，是我在边境地区见过的最大国门，有电梯直通楼上，铁道线从国门下穿过。就在我们准备下楼时，一辆货车从俄罗斯方向呼啸着开了过来。我注意到，车厢里空空荡荡，显然是到中国来拉货的。

列车从一国境内驶入另一国境内，在边境地区不足为奇，但在中俄边境却暗藏玄机。我在铁道边长大，听大人讲，苏联的轨距比中国的宽，但谁都没见过，具体怎么回事也说不清楚。

一次，我在单位食堂吃饭时与一位同事聊天，得知他在北大念的研究生，学的是独联体经济。苏联解体后的一段时间里，他在中俄国际列车上当翻译，频繁往返于北京、莫斯科之间。他告诉我，俄罗斯用的是宽轨，轨距 1524 毫米；中国用的是准轨，轨距 1435 毫米。火车过境时，要在满洲里火车站更换车轮。这个过程很麻烦，但没办法，多少年一直是这样。

景区广场上停放着一台老旧的“亚细亚”蒸汽机车，1940 年由日本制造。机车下面的铁轨为 43 型（每米 43 公斤），1925 年由苏联制造。1949 年，毛泽东曾乘坐由这台机车牵引的列车出访苏联。如今，这辆老旧的蒸汽机车静静地趴卧在国门前的一块空地上，与荒草相伴，无言地述说着满洲里国门的百年沧桑。

当年，中东铁路是连接中国和苏联的交通要道。满洲里承担了“红色国际秘密交通线”的任务。中共早期领导人如李大钊、陈独秀、瞿秋白、周恩来多次从这里乘坐火车前往苏联。1928 年，中共六大在莫斯科郊外召开，有 40 多位中共代表通过这条秘密通道，经由地下党交通员安排前往苏联。

扎兰屯，与铁路相伴

在呼伦贝尔草原旅行期间，听说扎兰屯有个中东铁路博物馆，于是兴趣陡增。扎兰屯留有大量中东铁路建筑遗存，我早有耳闻，但有这样一个专题博物馆，还是第一次听说。既然已经置身呼伦贝尔，不如就利用这个机会前去探访一番吧。

坐火车由海拉尔到扎兰屯，中间要穿过一条隧道，这就是中东铁路西线上的最重要地标——兴安岭隧道。对今天的筑路人来说，开凿一条 3000 米长的隧道不算什么。但在 100 多年前，它却是一项难度巨大的工程。

当年，俄国人为修筑与西伯利亚大铁路相接的中东铁路，倾尽全力，用现在的话说这是“国字号工程”。而凿通穿越大兴安岭的隧道则是这项工程的“啃硬骨头活”。开凿隧道的工程技术人员来自俄国，苦力来自中国，而石匠则来自意大利。意大利出雕刻家，石匠有名。我几年前在贝加尔湖畔坐过一段环湖列车，这条铁路原为西伯利亚大铁路的一部分。在步行穿过一处隧道时，看墙壁上的文字介绍，得知当时也是从意大利招募了一批石匠。

关于兴安岭隧道的修建，有一个传闻。说有一个负责隧道设计的沙俄女工程师，名叫莎力。她提出了一个对向开凿的方案，但到隧道即将贯通时，却没有丝毫迹象。人们开始生疑，认为她计算错了。风言风语传来，莎力压力巨大，无法承受，自寻了短见。次日，隧道贯通，分毫不差。后人为纪念这位尽职敬业的女工程师，在隧道旁立了一块石碑，人称“莎力碑”。

这个传闻是否真实，不得而知。哈尔滨作家阿成在《他乡的中国：密约下的中东铁路秘史》中提到，他几年前特地前去寻访到了这块纪念碑。我在网上也看到一个贴子，有户外爱好者用 7 个小时，徒步 17 公里，从隧道处翻越了大兴安岭，其间也找到了这块纪念碑。我虽然没有机会前往，但这次能乘火车从兴安岭隧道中穿过，也算是一个体验。

100 多年前，铁路对国人来说是稀罕之物。当时中国大地上有两条连接境外的铁路。一条是俄国人主持修建的中东铁路，干线从满洲里到绥芬河；一条是法国人主持修建的滇越铁路，中国段从昆明到河口。相比之下，中东铁路的通车时间要早于滇越铁路，兴安岭隧道则是当时中国最长的铁路隧道。据阿成讲，这条隧道过去一直有武警看守，直到不久前由于铁道系统改制才撤离。

想当年，蒸汽机车这个怪物冒着白烟，鸣着汽笛，呼哧呼哧地喘着粗气，牵着绿皮车厢，穿过草原，越过山冈，钻进黝黑的山洞，又从另一头钻出。车上坐着喝咖啡、抽雪茄的高鼻子蓝眼睛洋人。那是何等令人新奇的场景啊！

火车穿过兴安岭隧道，东行不久就到了扎兰屯。在当年的中东铁路西线上，扎兰屯火车站是重要站点之一，为三等站。中东铁路当局在扎兰屯不仅修建了车站，还建起了与铁路有关的吊桥公园、俱乐部、秋林公司、避暑旅馆、学校和医院。来此休闲消费的除了铁路高管外，还有那些坐火车来中国寻梦的达官显贵、流亡政客和商贾巨富。

扎兰屯火车站建于 1902 年，现已作为办公用房。几年前在旁边又建起一座新站舍，作为铁路运营和候车

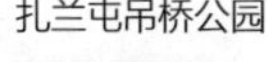

扎兰屯吊桥公园

之用。如今的老站舍建筑依然保存完好，经过粉刷后的墙体焕然一新，鲜艳夺目。据我的寻访经历，扎兰屯火车站是中东铁路沿线上为数不多的保存完好的站舍之一。该建筑外部用砖块砌成凹凸状，铁皮屋顶，墙面和窗楣花饰丰富，入口处有一个高大的木构架竖向尖拱窗。整体建筑以红、白、蓝为主基调，体现了俄罗斯传统砖木结构的建筑风格。

老站舍的门敞开着，走进屋内，发现里面空间不是很大，但举架很高。经过一百多年的踏磨和岁月剥蚀，木地板、木楼梯和木门板显露出斑斑驳驳的痕迹，让人徒生几分怀旧情感。

中东铁路博物馆是在扎兰屯中东铁路历史研究学会的推动下建立的，利用了原沙俄森林警察大队的旧址——石头房子。博物馆对中东铁路历史沿革的介绍很是全面，黑白老照片丰富，橱柜里展示的资料和档案多为俄文。展厅中央铺有一段铁轨，玻璃罩上的文字显示，该铁轨的轨距为 1524 毫米，正是苏联和俄罗斯使用的宽轨。

不过一圈走下来，感觉这个博物馆面积过小，展示以图片为主，实物比较少，与中东铁路这样一个庞然大物相比不相称。本想在这里能买上一套《中东铁路》纪录片光盘，问门口的女管理员，得知这里不出售资料。

看介绍，该博物馆隶属呼伦贝尔市，而且还是几年前刚提格的。看来问题不在博物馆本身，提高层次才是根本。

但这样一说，问题又来了：中东铁路干线从满洲里到绥芬河，支线从哈尔滨到旅顺口，涉及内蒙古、黑龙江、吉林、辽宁四个省区，提高层次必须四家协调，高层推动。这就需要力度了。

我参观过云南铁路博物馆。这家博物馆由昆明铁路局主管，重点展出滇越米轨铁路和个碧石寸轨铁路。该博物馆不仅面积大，图文资料丰富，而且实物多，包括窄轨铁路小火车、米其林橡胶充气车轮内燃动车组、老式铁路仪器设备等。门口还有图书和光盘等资料出售。这家博物馆现已成为云南省爱国主义教育基地。据昆明铁路局一位专家讲，他们目前正在推动滇越铁路申遗，将来还要开发相应的旅游线路，从昆明到河口。如果能与越南合作，还可以经老街到达河内和海防。

我对扎兰屯中东铁路历史研究学会非常敬佩，虽然层次不高，能力有限，但他们在推动中东铁路历史研究方面的努力令人肃然起敬，他们的工作填补了国内的一项空白，具有奠基性和开拓性。很多事情的最终做成就是由于有这样一些不计报酬、无功利心而又热衷投入的人士在呼吁和推动。

扎兰屯站前街区干净整洁，穿过一条热闹的早市，在一座围有铁栅栏的院内，矗立着一座米黄色小楼，在蓝天白云下显得格外耀眼。这就是当年的中东铁路避暑旅馆，相当于现在的度假别墅。院内鲜花簇拥，楼旁的一棵老榆树枝叶繁茂。楼房墙面用清水砖砌成，窄窄的竖条窗。引人注目的是，楼房一侧有一座木制凉亭，雕刻精细，色彩艳丽。

避暑旅馆后来与邻近的六国饭店合并为一家。历经百年沧桑的六国饭店目前还在经营俄式大餐。饭店大厅里的陈设完全是俄式的，墙上挂有与中东铁路有关的黑白老照片，台桌上摆放着咖啡机、钟表等老物件。餐厅老板是一位中俄混血“玛达姆”，身系围裙，体形微胖。她说，她家的西餐远近闻名，很多外地客人都专程过来，品尝正宗风味的大列巴、红肠、沙拉和苏坡汤。

中东铁路避暑旅馆

避暑旅馆旧址现已成为扎兰屯中东铁路历史研究学会和伪满洲国兴安东省历史陈列馆的办公楼。在楼内，我遇到了学会的老王。老王六十开外，个子不高，鼻梁上架着一副厚厚的镜片，一副学者模样。见我对中东铁路老建筑感兴趣，他非常高兴，热情邀我就坐。讲起中东铁路的历史，老王如数家珍，言语中透露出一份挚爱之情。

“中东铁路建筑群是一份重要遗产，现在很多老房子都被拆了，如不赶快抢救，损失会更大。”老王痛心地说。从老王口中得知，他们正在推动对沿线铁路建筑群遗址进行普查，提出保护建议。不过由于受经费和人力限制，有些工作需要一步步开展，特别是需要高层重视和推动。临别时，老王送我一本学会专刊，嘱咐我今后多交流，让更多的人了解中东铁路。

昂昂溪，时光中的铁路旧影

在我的老家，有一条穿村而过的铁道线，叫绥佳线，也就是绥化到佳木斯的那条线路。听当铁路工人的老爸说，这条铁道线是伪“满洲国”时期日本人修的，属于中东铁路的支线。铁道线将村子分为两部分，铁路以南称“道南”，铁路以北称“道北”。我家就住在离铁道线有 100 米远的“道北”。

在中东铁路干线的西线，也就是哈尔滨至满洲里那段线路，也有一个这样布局的小镇，这就是昂昂溪。铁道线从小镇中间穿过，将镇子分成道南和道北两部分。昂昂溪小镇的特别之处在于，道南和道北风格迥然不同——道南是新兴商业区，道北则是清一色的俄式老建筑。

昂昂溪道北的铁路民居

1903 年，中东铁路西线贯通，昂昂溪是这条铁道线上的二等站，担负编组、修养、护路等诸多功能。于是乎，来自俄国的技术人员、管理人员和铁路工人蜂拥进入这个原本荒芜的小山村。“老毛子”喜欢扎堆，久而久之，在道北形成一条具有俄式风情的罗西亚大街。随着俄罗斯人的涌入，民居、店铺、教堂、俱乐部鳞次栉比地在道路两旁矗立起来。

项首先是昂昂溪文物管理所所长。说起身边的这些铁路建筑，项所长如同在说自己的孩子一般，挚爱之情溢于言表。他告诉我们，昂昂溪是中东铁路沿线上俄式建筑保存最完整、最集中、数量最多的地方，也是最能体现俄罗斯风情的地方。

我在中东铁路干线上走过很多站点，见过很多精美的建筑遗存，昂昂溪能超过它们吗？对项所长的话，我有些将信将疑。眼见为实，耳听为虚，不如就跟着文物专家走一遭吧！

来到道北的罗西亚大街，一座座米黄色基调的俄式建筑映入眼帘。历经风雨沧桑，这些老房子仍然静静地矗立在道路两旁，陪伴它们的是一棵棵茂盛的老榆树。如果不是眼前的国人面孔在提醒，真的以为是到了一年前去海参崴途中停歇的那个俄罗斯边境小镇。

老屋的墙面上大都挂着一个黑色的牌子：“全国重点文物保护单位，中东铁路建筑群（昂昂溪街区）”。项所长边走边说，这些老建筑都是田园式风格，独户庭院，墙面用凸凹砖块砌成，立面和门窗造型丰富，既实用又好看，有“远东蝴蝶”之称。

在一座带有墨绿色木制门斗的俄式住宅前，我们停住脚步。品味观赏中，房主走了过来。房主是个中年汉子，憨厚热情。交谈中得知，他从父辈那里继承下这份财产，已经住了几十年。“想不想买？20万就出手。”敢情他是把我们当成了购房者。

听说我们是来参观，房主兴趣陡增，向我们介绍说：“昂昂溪顶数这座房子最漂亮。这个门斗不光样子好看，夏天还可以乘凉，冬天可以储存大白菜。”说话间，他带我们迈上高台阶。

进入屋内，映入眼帘的是木床、木地板、木门窗、木桌椅，墙面为木板条抹白灰砂浆，简洁大方，温馨雅致。房主拿过一本设计印刷精美的画册，翻到一个彩页，指着一座漂亮的俄式民居说：“这就是我家的房子，已经成了昂昂溪的名片。”翻着画册，有些爱不释手，于是和房主商量，能不能出让。房主听后有些犹豫，说只有这一本。为难之际，项所长给我们解了围：“这本就送给他吧，北京来的客人，对俄罗斯老房子感兴趣，难得。我再给你搞一本好了。”

谢过房主，走出“名片”，继续寻觅。一座红白相间的二层小楼吸引了我们。项所长说，这是过去的老铁路俱乐部，铁路员工休闲娱乐的地方。我在《建筑艺术的长廊——中东铁路老建筑寻踪》画册中见过这幢精美的俄式建筑，如今站在它的面前，有不虚此行之感。

走进屋内，感觉里面有些潮湿，光线阴暗。待到眼睛适应环境以后，发现房屋格局宽敞，还有一个在今天看来仍不算小的舞厅。木地板多有磨损，凸凹不平，露出木材原色。踩着嘎吱嘎吱作响的木楼梯，来到二楼的电影放映厅。房间一角，立有一部老式电影放映机，机身上落满灰尘，一长串胶片脱落出来，一直耷拉到地上，让人忆起旧日时光。

昂昂溪火车站和木质天桥

在昂昂溪，当仁不让的俄式老建筑是那座建于百年前的老火车站。站舍外形小巧典雅，犹如私人别墅。从项所长那里，我们得知，这座火车站刚建成时设有一、二、三等旅客候车室，行李房、餐厅、小卖店一应俱全。几年前，随着新站舍的启用，这座老站舍闲置不用，但经过修缮粉刷，风采依然不减当年。

在项所长的疏通下，我们破例被允许从新建的候车室检票口进入站内。走在站台上，让人眼前一亮的是那座与老站舍候车室相接的墨绿色凉亭。凉亭门柱上的油漆大部分已经剥落，但从门楣上的罗马式雕花和锯齿形的人字框架可以想象它当年的风采。据哈尔滨作家阿成在《他乡的中国——密约下的中东铁路秘史》中讲，这座开放式露天凉亭是当年候车旅客的餐厅。

想当年，旅客们在候车之际，能坐在凉亭里小憩一会，就着酸黄瓜和红肠，吃几片列巴，喝一瓶格瓦斯，那是何等的惬意啊！

横跨铁轨有一座天桥，为中东铁路沿线上仅存的几座木制天桥之一。我在尚志火车站和一面坡火车站见过这种天桥，风格类似。在天桥上走一个来回，看着一条条伸向远方的铁轨，还有一辆辆停放在站内的货车，似乎找到了 30 年前当铁路工人的感觉。天桥的钢构架上有一串俄文，凭着以前学过的一点俄语底子，我认出其中一个单词是“钢铁”的意思，读音与英文相近。我猜测这个词有可能是从英语音译过去的。据说斯大林的名

尚志火车站（已拆除）

字就取自这个词。

1950 年 2 月 26 日，毛泽东出访苏联归国途中，曾在昂昂溪火车站停留。站台的一个展示栏中，张贴着一张黑白老照片，画面中的毛泽东身穿棉大衣，头戴棉帽，正在站台上散步，陪同他的是铁道部长滕代远。

“这张照片非常珍贵，是研究中东铁路和昂昂溪火车站历史的重要文献。”项所长说。

一面坡，一个火车拉来的小镇

由哈尔滨出发，东行 160 公里，有一个小镇，因镇中路面略有倾斜，遂有了一面坡的称呼。100 年前，它还有另外一个名字——五卡斯站。五卡斯，在俄语里是“段”的意思，当年中东铁路修到此地，建起机务、车务、养路、电务等诸多站段，故有此名。

中东铁路通车前，一面坡只有几十户人家。到 1926 年，镇上的人口已经超过 4 万人，多数为闯关东的中国人，此外还有 2000 多名俄国人。铁路把这些来自四面八方的各色人等聚在了一起，不管中国人也好，外国人也好，全都围着铁路转。铁路给他们带来了希望，带来了欢乐，也带来了痛苦。

100 多年过去，当年俄国人留下的铁路建筑物在镇上依然随处可见，很多还在发挥最初的功能。在这些建筑中，最有代表性的是火车站。一面坡站最开始为三等站，后升格为二等站。站舍为砖木结构，采用俄罗斯传统砖砌墙体，人字木屋顶，铁皮屋面，双坡或四坡屋顶。候车室出入口建有雨搭，既人性化，又有艺术性。

横跨铁道线，有一座木制天桥，桥下停放着一列正待出发的客车。有旅客背包提篓从桥上急促走过，双脚交替踏在木楼板上，发出咚咚的回响，让人想起过去的日子。如今，内燃机取代了蒸汽机，但老式天桥仍然保留，工业化进程在这里只走了一半。

在站台上流连，意外发现一个中东铁路路徽标志：一个带有翅膀的车轮，基座上写有“飞腾”两个字。此前，我在哈尔滨的霁虹桥上见过这个标志，平雕在桥身上。这次是竖放在地面上，看上去更直观更形象。

当年，一面坡是机车乘务员换乘站，中东铁路当局在镇中的蚂蚁河畔建起一座机车乘务员公寓，供乘务员休息之用。当地老百姓称这座公寓为“大白楼”。1932年，日军占领一面坡，大楼被日军大成部队占用，地下室成为刑讯室，不知有多少东北义勇军和抗联战士死于这里。据当地老百姓传说，多年前在地下室挖出过人头骨，很可能是当年日军所为。新中国成立后，大白楼作为部队用房，一直为禁地。

2002年，哈飞实业公司对该楼进行全面修缮，改造为一面坡漂流娱乐园。在大门口遇到一位男子，他说，这里离哈尔滨很近，周围环境好，风景优美，空气新鲜，周末很多人过来漂流，休闲娱乐。蚂蚁河上架有一座铁索桥，桥头铁架锈迹斑斑。我试图到桥上走走，发现入口已被锁死，无法通行。

大白楼地上两层，地下一层，外观整体呈“日”字形，南北两面采用了不同的装饰手法。正对蚂蚁河的南面中段为半圆形，正门处立有四根奥林斯柱，如同城堡一般。房檐下镶嵌有一串俄文“дежурная паровозных бригад”，不知其意。我用相机拍下来，回到哈尔滨，向一位精通俄语的同学请教，得知它的意思是“机车乘务组值班室”。

一面坡是中东铁路东部线高级员工的休闲疗养之地。在天桥路20号，有一座俄罗斯古典主义的建筑，这就是当年的中东铁路俱乐部兼疗养院，现为尚志市一面坡医院。当年，由哈尔滨到一面坡开有高级旅游列车，称“列车旅馆”，车上设有观光平台、包厢、会议室、阅览室，功能俱全。

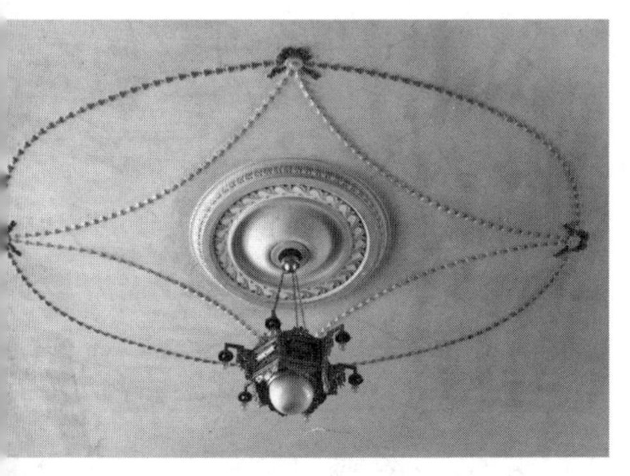

俱乐部兼疗养院大楼立面设计采用“横三段、竖五段”的构图方法，以“爱奥尼柱”为中心，讲究对称，山花与浮雕丰富。走进楼内，里面宽敞明亮，木质墙裙和石膏花雕饰，透出一种雅致高贵气息。在二楼，我顺着一位医生的手指，看到头顶有一枝老式吊灯垂悬下来。棚顶图案简洁大方，充满浪漫情调。“这是当年留下来的，一直没有变过。”医生说。

火车站前，有一座规模宏大、用途特殊的建筑，它就是中东铁路松花江支线兵营。从中东铁路开工之日起，沙俄就开始组建护路队。1897 年 12 月，750 名骑兵从海参崴经陆路进入中国境内，沿中东铁路沿线分段驻扎。

到 1905 年，护路队人数已达 7 万。护路队总司令部设在哈尔滨，下设松花江支线司令部、额尔古纳支线司令部和旅顺口支线司令部。其中松花江支线司令部设在一面坡，司令为捷尼索夫上校，统辖 3 个半步兵连、9 个骑兵连，分布在哈尔滨至绥芬河的铁路沿线上。他们每天骑着高头大马，耀武扬威，沿铁道线巡逻盘查。

兵营旧址为二层楼房，折中主义建筑风格。正面分为3段，中段为主出入口，装有壁柱和拱形门，东西两段相互对称。砖木结构，米黄色墙面，白色线脚点缀。让人感兴趣的是房檐下的人头雕像。此前我在哈尔滨六顺街的中东铁路印刷所旧址看过这种雕像，精美异常。没有想到的是，这种艺术不光属于文化领域，也用于昔日戒备森严的兵营。

如今，这幢老建筑已经废弃不用，门窗破损，油漆斑驳。楼前操场上堆满土石，荒草萋萋，无人问津。如果不说，谁能想到，这里曾经是护路部队司令部的所在地呢?

横道河子“美美哒”

在风景秀丽的江南水乡，随便拎出一个小镇就有几百年甚至上千年的历史。一幢老屋，一座石板桥，一座牌坊，一道路边小吃，后面就有说不完的故事。而在粗犷寒冷的东北大地，这样的小镇少而又少。如果说有，那么横道河子可能是个例外。

横道河子很小，小到什么程度呢？我手头有一本1:5000000比例尺的地图册，上面找不到它的名字。可有谁想到，100年前它却是中东铁路沿线上的重要地标，它的火车站是中东铁路上的二等站。

我对横道河子这个地名的最初知晓是小时候看过一

本薄薄的小册子，书名叫《老共青团员》。书中的主人公叫何有，曾在横道河子机务段当过给水工。顺便说一句，那是我家为数不多的几本书之一，可惜后来因为多次搬家不见了踪影。

多年后，我无意间在北京街头的一个书摊上看到一个似曾相识的硬壳封面，顺手拾起，欣喜若狂——正是小时候翻看过多次的《老共青团员》。不容分说，掏出2元钱买下，回家后一口气重温了一遍。现在想，我父母都没上过学，我家当时之所以有这本书，显然是因为这本书的作者常发当过哈尔滨铁路局副局长，而我父亲是他手下众多的员工之一。

横道河子火车站，哥特式尖塔高高耸立

怀揣这个情结，有一天，我终于来到了横道河子火车站。

全国大大小小、各式各样的火车站我见过很多，由满洲里到绥芬河近 1500 公里的铁路干线上，主要站点基本上都寻访过。但是，当我看到这幢俄罗斯风格的老建筑时，还是被它深深地迷住了。

远远望去，两个红色的哥特式尖塔高高耸立，在群山环抱的小镇中格外耀眼，那就是横道河子火车站的标志。从铁路西面的道口拐进站内，用脚步数着铁轨下面的枕木，没一会工夫就走到了站台。

哥特式鱼鳞铁皮瓦尖塔下，屋顶高低起伏，红色的顶盖，米黄色的墙面，白色的点缀，外加 3 个并排的人字形出站口，与邻近的车务段旧址相搭配，一副浓郁的俄罗斯风情画卷展现在我们面前。

站内寂静无人，午后的阳光照在铁轨上，折射出耀眼的光芒。就在这时，一辆从绥芬河方向开过来的列车驶入站内。车轮在铁轨上连续撞击，发出有节奏的声响，一种怀旧的感觉从心头泛起。

100 多年过去，这条铁道线上不知驶过多少东来西往的列车。然而，流连在月台上，更让人称奇的是，历经风雨沧桑，这座俄国人建造的老火车站风韵犹存，功能依旧。

横道河子机车库，库门如琴键般排列

漂亮的不只是火车站，还有那座扇形的机车库。

横道河子地处张广才岭东麓，蒸汽机车需要加挂补机，才能拉动长长的列车爬上坡路。于是，中东铁路当局决定在这里建造一座大型机车库。机车库有 15 个库房，呈弧形排列。每个库房都设计有一个拱形圆顶，配以红色的砖墙，黑色的木门。库房前停放着一辆老式的蒸汽车头，几条铁轨从机车库中伸展出来，让人联想到昔日这里机车进进出出的繁闹场景。

机车库前面的草坪上，鲜花盛开。恰在这时，天空飘来几朵白云。我立即选好位置，按动快门，将这难得的人文加自然美景摄入镜头。没一会儿，那朵白云就如扯碎的棉絮般渐渐淡去，消失得无影无踪。

时光流逝，如今这座扇形的机车库已经失去实用功能，但它的审美价值却丝毫不减。几年前，电影《萧红》摄制组来到横道河子，一眼就相中了这座状如手风琴键般排列的机车库，在这里拍下了主人公萧红和萧军的一段激情戏。

工业建筑的审美价值受到艺术家青睐，这实在是一件值得庆幸的事，否则今天恐怕没有几个人会知道它的存在，知道它曾经有过的繁华。

扇形机车库的圆心方向是一个机车转盘，最初用于调度车头转向，决定机车进出哪个库门。如今这个遗址已经变成一个水坑，周边是一个半地下式水泥基座，掩映在荒草杂木中，如果不注意很难发现。如果把它清理出来，展现原貌，圆形的转盘加半圆形包围的机车库房，那众星捧月般的造型活脱脱就是一组精美的艺术作品组合。

铁路的兴起给这个名不见经传的小镇带来了浓浓的欧式风情。经过岁月侵蚀，小镇上与铁路有关的欧式建筑物外表大都斑驳陆离，但这丝毫遮蔽不住它们所隐含的厚重历史和文化价值。

G301 国道南侧，俄罗斯老街的东口，矗立着一座墨绿色的木制建筑，即“圣母进堂教堂”，又称“约金斯克教堂”，老百姓俗称“喇嘛台”。教堂建于1901年，典型的俄罗斯井干式木结构建筑，散发着朴实的田园气息，墙面由原木卡、嵌、镶、雕而成。坡屋顶上的两个小亭子，如同高高耸立的“洋葱头”，吸引着过往行人的眼球。

当年，圣母进堂教堂是哈尔滨到绥芬河，也就是中东铁路东线东正教的活动中心，同时兼作铁路员工子女读书学习的教会学校，规模仅次于哈尔滨南岗中

圣母进堂教堂，俗称“喇嘛台”

心区的尼古拉大教堂。它不仅是俄罗斯移民的精神家园，也是儿童的精神乐园。令人惋惜的是，哈尔滨的尼古拉大教堂在“文化大革命”中被狂热而又无知的红卫兵小将无情拆毁。因此，横道河子遗留下来的这处东正教堂更显珍贵。

今天的人们，有谁能够想到，在这样一个荒僻边远的小镇上，会有这样一座异国风情十足的建筑物呢？遗憾的是，当我们步行来到教堂门前时，发现铁艺门上着锁。但由于教堂建在一处高地上，其华美的建筑造型仍然清晰可见，让人流连，观赏不够。

在一排俄式木板房前，我们停住了脚步。这些房子的墙体用松木板搭成，卯榫严密，人字形木屋架，铁皮屋面，檐口、山花、门窗都镶有别致的彩色饰件，雕镂精细，看上去犹如一只只蝴蝶趴落在墙板上。一幢木板房的三角形房檐下，挂着一块铜匾，上面写着“全国重点文物保护单位，俄式木屋”。

门口，一位老太太正在晾晒山野菜。见我们过来，她站起身来，热情相迎。老太太指着木板房说，这都是当年留下来的。老屋值千金，房子虽破，但舍不得搬走，能住就住。老两口每年夏天都住在这里，直到天气变凉才搬到儿子家的楼房去住。

老太太说，她是山东人。1962 年，这段铁路要建复线，她随丈夫招工过来，一住就是 40 年。说着话，她带我们走进屋内，从一口铁锅里捞出几穗苞米，请我们品尝。“经常有人来参观，住了这么多年，没想到这破房子也值钱了。”老太太一边在衣裙上擦手，一边笑着说。

俄式小院，十字架高高矗立

远处，一个红蓝相间的十字架吸引了我们的目光。这是一座俄式风格庭院，院内种满菜蔬，几只向日葵颜色金黄，籽粒饱满。房主人是一位中年男子，衣着随意，透露出几分艺术家的气质。交谈中得知，他是牡丹江人，几年前来横道河子旅游，看到这里环境清净幽雅，于是和妻子一商量就买下了这个小院。

中年男子说，这里清静，没污染，适合休闲养老。到了节假日，子女或亲朋好友就会过来聚一聚，呼吸一下新鲜空气，吃点山野菜。他闲来无事就搞搞根雕、油画，既是一种艺术享受，也是一份营生。

“横道河子山清水秀，俄罗斯文化氛围浓厚，在这里能找到创作灵感。”中年男子笑着说。

绥芬河，边境站

绥芬河火车站建于 1899 年，一开始没有正式的名字。由于从海参崴火车站到这里排序第五，俄国人称其为“五站”。又由于地处中俄边界，也称“边境站”。直到 1903 年中东铁路正式运营时，才以当地的河流命名，称为绥芬河站。

铁路贯通后，俄、日、英、法、意、美、朝等国的使节纷至沓来。据说当时有 18 个国家的旗帜在绥芬河上空飘扬，因而绥芬河又有“旗镇”之称。洋人们在绥芬河大兴

候车室屋架，大跨度钢梁结构

土木，各种建筑物如雨后春笋般在铁道线两旁矗立起来。

老火车站的站舍为新艺术运动风格，白色墙面、灰色点缀，庄重典雅。墙面垂直划分，壁柱装饰，女儿墙高低错落，山墙和窗户采用曲线构图。推开厚厚的老旧木门，走进候车室，里面宽敞通透，大跨度钢梁屋架，门窗厚重，墙面饰有几何型浮雕，黄色木质墙裙，地砖黑白相间。徜徉中，岁月的风尘扑面而来。

一位铁路员工听说我对中东铁路老建筑感兴趣，欣然带我从出站口进入站内。“现在车次比以前少多了，因为公路发达了，很多人都坐汽车了。”说完，他又指了指候车室正中的墙壁：“这上面原来有‘绥芬河’三个汉字，下面是俄文站名‘鲍库拉尼奇那亚’，几年前装修时被砸掉，非常可惜。”

大白楼，绥芬河铁路交涉分局旧址

与老火车站媲美的是“大白楼”，最初为绥芬河铁路交涉分局所在地。绥芬河铁路交涉分局设立于 1903 年，隶属吉林交涉局，专司与中东铁路交涉事宜。这是一座折中主义风格的建筑，大坡屋顶，黑色瓦盖，白色外墙，中间设有天井。大门台阶两侧设有粗螺纹状圆柱，拱券式门廊，门窗及檐口装饰丰富。整幢大楼看上去浪漫典雅，落落大方。

绥芬河是中共早期与共产国际联系的重要通道，与满洲里同为国际秘密交通线。大白楼接待过很多中苏要员。1928 年，中共六大在苏联境内召开。会后，周恩来、罗章龙、邓颖超、李立三、邓中夏、张国焘、蔡畅等 30 余名代表，由一名白俄交通员赶着一辆拉饲草的马车做掩护，从绥芬河秘密入境，分别下榻于“大白楼”和对面的欧罗巴旅馆。

“午夜星繁风正急，衔枚疾走渡绥芬。”罗章龙这样形容这次秘密行动。

距大白楼不远处，有一座样式独特的方形建筑。独特处在于，楼房三层和四层之间的外檐下，刻有一个个西洋人头像浮雕，因而被称为“人头楼”。

人头楼建于 1914 年，原为赤查果夫茶庄所有，用于存储、检验出口茶叶，为北方茶叶之路的重要站点。后被日本人购买，作为领事馆使用。人头楼顶层建有方

人头楼，赤查果夫茶庄旧址

亭，黑色球形塔尖；墙壁土红色，楼角涂白，黑铁瓦盖；楼的北、东、西侧有石砌围墙，内植榆树和丁香。矗立在街道转角处的这座老建筑，由于刚刚粉刷不久，一眼望去，鲜艳夺目，光彩照人。

有学者考证，绥芬河的赤查果夫茶庄为俄罗斯商人契斯恰科夫开办。赤查果夫和契斯恰科夫在俄语中为同一个词，只是译法不同。早年，契斯恰科夫在哈尔滨开设了茶叶总店，旧址位于现在的尚志大街与西十三道街的拐角处（现为永安文化用品商店），为北方茶叶贸易中心。

其后，契斯恰科夫又在哈尔滨火车站前的红军街与建筑街交汇处开设了一家兼作住宅的茶庄，旧址现为汇丰照相馆。这座建筑物由俄国建筑设计师日丹诺夫设计，折中主义建筑风格。我在哈尔滨上学时，经常从它门前路过，几年前也曾在它对面的原中东铁路旅馆（现为龙门大厦贵宾楼）住过几个晚上。一说到这座建筑，脑海里马上就会浮现出它的样子。

在蒙古草原和寒冷的西伯利亚，以肉奶为主食的游牧民族“宁可一日无食，不可一日无茶”。契斯恰科夫有“俄罗斯茶王”之称，100 年前俄罗斯和蒙古的茶叶市场几乎完全由他垄断。除了中国境内，他还在俄国境内的双城子、赤塔等地设立了 18 处分店，从事茶叶国际贸易。

俄国人对中国的茶叶尤为喜欢。托尔斯泰在《战争与和平》中曾描写过俄国人喝中国普洱茶的情景。明末清初，晋商开辟了从武夷山到俄罗斯恰克图的茶叶之路。这条道路起自福建崇安（今武夷山市），途经江西、湖北、河南、山西、直隶（河北）、库伦（今乌兰巴托），至边境口岸买卖城。这条道路纵贯南北，水陆交替，全程 4000 多公里，被称为“万里茶路”。电视连续剧《乔家大院》的故事背景就来自这段历史。

买卖城是清政府为从事与俄国茶叶贸易在漠北专门建立的一座口岸城市，它的对面是俄国边境城市恰克图。当年，买卖城和恰克图是中俄贸易中两个最重要的口岸城市。我在中央电视台播放的《茶叶之路》中看到，那时的买卖城人喊马嘶，繁盛至极。

清咸丰年间，受太平天国战火影响，茶路一度中断。晋商转而在汉口建立了茶叶储存中心，收购南方茶叶，就地加工成茶砖，溯汉水运至樊城，然后舍舟登陆，改用畜驮车运，经河南洛阳，渡黄河，过晋城、太原、大同至杀虎口或张家口，到归化（今呼和浩特），再由旅蒙晋商用驼队运至买卖城和恰克图。俄商们接货后，将其运至伊尔库茨克、乌拉尔、秋明，直至莫斯科和圣彼得堡。

鸦片战争后，广州到伦敦的海运发展起来，茶叶贸易渠道开始出现分流。中东铁路开通后，南方茶商转而将茶叶运到哈尔滨，装上火车，向东经绥芬河出境运到海参崴，经海路运往圣彼得堡和莫斯科；或者向西经满洲里运到赤塔，汇入西伯利亚大铁路。对俄罗斯茶商来说，走海路和走陆路各有利弊。海路成本低，但耗时长；陆路成本高，但耗时短。

火车代替了驼队，汽笛代替了驼铃，中东铁路担起了茶叶贸易的重任，而原来的草原茶叶贸易通道则逐步走向衰落，买卖城和恰克图两个边境口岸理所当然地失去了作用。20 世纪 20 年代，一场大火将买卖城烧毁，至今遗迹难寻。

后记 Postscript

那片黑土地

人们对身边的事情往往习以为常，直到拉开距离后才发觉它的价值。

我是土生土长的黑龙江人，成年后到外地求学工作。走过大江南北，看过无数风光风情，比较一下，发觉家乡可圈可点的地方很多，不比别的地方差。还是那句老话说得对，“距离产生美”。

影响美感的因素除了空间外，还有时间。随着生活条件的改善和旅游热的兴起，人们开始有了审美意识。有一次，我外甥女打来电话，说：秋天到了，回来看看小兴安岭的五花山吧。我问：五花山在哪？她有些不解：

到处都是啊！这是我第一次听到五花山这个名词。小时候，每天想的是向山林索取食物和燃料，填饱肚子，抵御严寒，无心审视它的美丽，更想不到要为它起个好听的名字。我老家门前有座山，小时候与它朝夕相处，视若无睹，现在也有了一个诱人的名字：仙翁山。自身的美，再加上一个好听的名字，使它的旅游价值尽显无余。

这些年，我由于热衷户外活动，走过很多边缘地带。如果以中原地区为原点，在偌大的中国版图上，黑龙江应属边缘中的边缘。不是吗？我刚到北京时，让我感到不解的一件事是，人们称我为“东北人”。照此逻辑，对新疆人应当称“西北人”，对贵州人应当称“西南人”，对福建人应当称“东南人”。但我一直没有听到这种叫法。在内地人的观念中，东三省是一个整体，偏居一隅，闭塞落后。而在东三省中，黑龙江又是东北的东北。这样说来，称我为东北人，顺理成章。

随着交通的发达和信息的通畅，黑龙江对人们已不再陌生，不再遥不可及。但从旅行角度看，黑龙江仍属冷线。即使是热衷探险和挑战的户外爱好者，也很少有人敢说走遍了黑龙江。在中国版图的四极中，有两极在黑龙江：北极漠河、东极抚远，这是黑龙江独有的资源。但据我所知，到过这两个地方的人并不是很多。有些人自称到了，但很可能是蜻蜓点水，仅具象征性。我在漠河的北红村看过黑龙江第一湾，其壮观、大气的程度不比位处西南的黄河第一湾和长江第一湾逊色，但这个美景却鲜有人知。很多人，包括黑龙江人，甚至连听说都没听说过。

古人云：读万卷书，行万里路。学无止境，行无止境，旅行是获取知识的重要方式。就经行黑龙江的几条古道——军事驿道，黄金驿道，东北亚丝绸之路，闯关东移民之路，渤海国朝贡之路，辽代鹰路，宋金故道，北方茶叶之路——来说，背后就有说不完的故事。如果没有现场寻访，是不可能获得这么多关于黑龙江的人文史地知识的。我在行走的同时，试图尽可能多的用镜头和文字把这些珍贵的见闻记录下来，整理出来，传播出去。我希望能够以这种方式让更多的人认识黑龙江，向往黑龙江。

打开视野，从更宏观的角度说，通过行走和寻访，可以增加对祖国山川大地的热爱。在北京的一次徒步沙龙讲座上，我提出一个理念："徒步就是爱国"，获得在座众多驴友的掌声。在2016年第11期《中国国家地理》杂志的专家点评中，我根据自己在西藏南伊沟"麦克马洪线"附近的徒步经历，也提出一个观点：在边疆地区徒步可以唤起人们的领土意识，继而增强人们的爱国意识。

本书有两篇关于中东铁路的寻访记涉及内蒙古。这是因为，作为一条线性文化遗产，中东铁路的干线从内蒙古和黑龙江境内穿越。从大范围看，内蒙古的东北部也属于东北范畴，在历史上与黑龙江有千丝万缕的联系，且不说1969—1979年呼伦贝尔曾归属过黑龙江省。在一本以黑龙江为题材的游记散文中，加入两篇相关内容也可以使读者对中东铁路有更完整的了解。

准确地说，本书不是一本单纯的游记，说是寻访记更恰当一些。作为一名户外爱好者，我的寻访目标多属“鲜有人知、鲜有人至、鲜有人写”之地。对人所共知的热点，例如镜泊湖、五大连池、中央大街等，虽然都非常值得写，但还是没有落笔。户外人关注道路，特别是古道，我根据自己的寻访经历，对黑龙江历史上的古道和驿站做了一些挖掘。如果说本书与普通游记有什么区别的话，这可能就是最大的区别，也是最大的亮点。本书的书名就体现了这一特点。

从出行方式说，我多数采取的是自助和定制，很多路段是用双脚丈量出来的。从这个意义上说，我的这些寻访与游山玩水式的旅游有本质的区别，多少带有几分“自虐”的味道。不过，这也正是户外人的追求和喜好所在，特色所在。

在我的寻访路上，遇到很多好心人，虽然没能一一记下他们的名字，但对他们提供的帮助，一直不能忘怀。在尚志火车站候车室，我向一位检票员说明来意，他上下打量我几眼，说：“照吧，这么漂亮的老房子不多了，听说要拆，以后想照都没机会了。”说完，他带我从检票口进入站内。从这位老铁路员工的语气中，我能感到他对这座老建筑深深的感情。果然，没过多久，传来消息，尚志火车站由于存在倒塌危险，已被拆除。我庆幸自己能在这座老建筑变成瓦砾前留下它的倩影。而这都要感谢这位好心的检票员。

本书的内容大部分先期刊登在“大话哈尔滨”网站上。两年前，在一位黑龙江籍同事的指点下，我成为该网站的热心读者。在当下浮躁的社会风气下，有这么一群人，热衷于家乡人文史地的挖掘与传播，我感觉自己找到了知音。抱着试试看的心理，我将一篇中东铁路寻访记《百年横道河子》投给该网站，没想到几天后就在网站和微信公众号上全文刊发。随后，我接到网站站长孙勇（长河）博士发来的QQ信息：加强联系，多多赐稿。

受其鼓励，我连续给该网站投了十几篇黑龙江纪行稿件，均被采用。不久前，又有幸成为该网站的专栏作家。我的《边缘旅行》一书出版后，承蒙孙勇博士看重，将书稿全文在网站上予以连载。《一路向北》一书付梓之际，我请孙勇博士能够拨冗作序，他欣然答应。这一切都让我感动不已。

《北国旅游》杂志编辑崔伦强和吴雪娇在“大话哈尔滨”网站上看到我的寻访记后，主动与我联系，向我约稿，并为我提供介绍黑龙江人文史地的资料。中东铁路历史研究学会副秘书长崔东波和潘霞看到我的《扎兰屯，一个留存铁路记忆的地方》一文后，非常高兴，将其刊登在2015年第四期的学会会刊上，并吸收我为学会会员。哈尔滨电视台一位网名叫“笑笑生”的朋友主动给我寄来一套《中东铁路》纪录片光盘……

我的中学老师潘荣元和吕玉梅看过我的大部分书稿，并提出了一些很好的建议；边疆问题专家和边地旅人邹蓝对书稿内容有过专业性指点，并做了很多推介性工作；著名书法家、西泠印社的蒋频先生为本书题写了书名；我的黑龙江大学同学、现在黑龙江省一带一路办公室工作的高占国为我的寻访提供了诸多帮助。

需要感谢的还有：中国徒步网的金乔、任明、吴菲，《中国国家地理》杂志内容总监刘晶及编辑何云雯、孟现莉、张妍文，国际古道网的老探和小小，《香港商报》社长助理兼北京办事处主任林彬彬，当代中俄研究院院长宋魁，哈尔滨真诚挚友快乐交流平台群主李希光，哈尔滨铁路局中东铁路专家武国庆，《发现云南》杂志主编杨春，《中国交通报》记者高晓东和许傲空灵，《三联生活周刊》副主编李菁，作家朋友简以宁，驴友兼文友续续，网球伙伴吕士卓，中国国际广播电台《边走边看》栏目的谢舒杨和王嘉玉，中信出版社的肖新明、祁明和韩健，哈尔滨同行旅行社总经理于江，成都雪山雄鹰户外公司的李贤，成都途歌旅游信息咨询公司的刘国东，昆明房车摄影旅行俱乐部的汤雨华（布衣和尚），乌鲁木齐终极理想户外生活馆的胡晓东（青草）和苏卉，昆明户外专家和旅游达人“山水自由心”……

“一个篱笆三个桩，一个好汉三个帮，为了大家都幸福，世界需要热心肠。”正是因为有了这些熟悉的和不熟悉的，见过的和没见过的“热心肠”的相助，我的寻访之旅才得以顺利完成，本书才得以最终成稿。我愿将本书献给他们。

2016 年 12 月 12 日于北京

图书在版编目（CIP）数据

一路向北 / 刘文军著 . — 北京 : 人民交通出版社股份有限公司，2017.3
（“好望角”寻访之旅系列）

ISBN 978-7-114-13641-2

Ⅰ . ①一… Ⅱ . ①刘… Ⅲ . ①游记—作品集—中国—当代 Ⅳ . ① I267.4

中国版本图书馆 CIP 数据核字 (2017) 第 012580 号

一路向北

（“好望角”寻访之旅系列）

著 作 者：刘文军
责任编辑：尤　伟　蒲晶境
出版发行：人民交通出版社股份有限公司
地　　址：（100011）北京市朝阳区安定门外外馆斜街3号
网　　址：http://www.ccpress.com.cn
销售电话：（010）59757973
总 经 销：人民交通出版社股份有限公司发行部
经　　销：各地新华书店
排　　版：北京楚泰文化传播有限公司
印　　刷：北京市密东印刷有限公司

字　　数：118 千　开　本：880 × 1230　1/32　印　张：7.25
版　　次：2017年 4 月　第 1 版
印　　次：2017年 4 月　第 1 次印刷
书　　号：ISBN 978-7-114-13641-2
定　　价：36.00元